KUWEI
酷威文化
图书 影视

一人份的热闹

尹维安 著

江苏凤凰文艺出版社
JIANGSU PHOENIX LITERATURE AND
ART PUBLISHING, LTD

目录
CONTENTS

自序
一人份的热闹

　　朋友考上了中国传媒大学的研究生，从和女孩子们同居的屋子里搬了出去，开始了一个人住的生活。我问她一个人住的感觉怎么样，她说很好。

　　和她聊完之后，我乘地铁 5 号线回家，我家在北二环外的一片老城区，这里是老年人的地盘，所以日常目光所及的人群的移动速度是正常速度 x0.8。

　　家附近有很多装修简朴的老式超市，我在吃了几次闭门羹之后摸清了每家店的开门、关门时间，卖菜的阿姨和卖肉的小哥对我已经有些印象了，隔壁花店的大叔也会因为我多次消费而给我便宜几块钱。

　　8 月份才下单的紫砂电炖锅里如今已经有了淡淡的痕迹，多次洗刷都无法去掉。这是盛了多次隔夜汤的结果，也是一个人生活的尴尬痕迹。

　　没有了公司食堂之后，我的厨艺突飞猛进，我凭着天赋和南方女孩对汤的热爱学会了用各种各样的食材为自己补充营养：莲藕排骨汤、山药排骨汤还有银耳雪梨汤。

　　一个人生活之后，口腹之欲多过了结交新朋友的欲望，喜欢咀嚼多过于交谈。

来北京半年多，房租交了两三万。这笔生活体验费终究花得值得，我从混沌生活里打捞出了很多自己细细碎碎的习惯，摸清了自己的脾性——时而柔软、时而矫情。

　　大学四年，在宿舍里睡了四年，是有朋友约着吃饭的四年，随时可以找到人闲聊的四年。这样"热闹感唾手可得"的日子一去不复返。现在的我拥有的是工作之余大把的独处时间以及形形色色的生活经验。

　　有个之前工作时认识的男生住我家附近，两家的距离步行时间不超过三分钟。第一次得知互为"邻居"之后，我们结结实实地拥抱在了一起，因为在北京这样一个地方，有个人离你住的地方仅仅靠步行就能抵达，实在是奇迹。

　　他是个可爱男孩，我们时常如闺密般亲密玩耍，他也是个写作狂魔，常常把自己锁在房间里直到深夜，忽然发现冰箱里空无一物，于是发微信撒娇：

　　"老铁，出来吃夜宵吗？饿死了。"

　　那时我都擦好面霜准备睡了，收到微信后犹豫片刻，想起了冰箱里还有两个微波玉米。两分钟后，我拿个小纸袋装了一个玉米、一些零食和两个橘子，披上外套素颜下楼去。

　　附近的川味火锅店营业到一点半，店里只剩我们两个顾客，可我们还是点了几个"大菜"，闲聊时笑得花枝乱颤，把装面的竹筛子一并笑到了锅里，又哈哈大笑着把油乎乎的竹筛子捞起来。

　　我们认识不过两个月，在吃过那次深夜火锅之后至今没有再见过，他去了中国台湾，我每天看书、写稿，偶尔开开会见见编辑。

　　我们的生活回到各自的正轨，没有人觉得有什么不妥。

　　在北京，我和很多人之间的关系都是这样，忽然聚起，忽然分离，长时间失联后又会因为某些奇怪的契机再次在同一张饭桌上相遇。

大家都是真心将对方看作朋友，也是真心没有时间过多招待朋友。

这是成年人的"行规"——不企图过度浪费对方的时间，也不给予对方陪伴的机会。

有时候会觉得一个人待着难受吗？

会。

不舒服并不是因为没朋友，而是总一个人住太安静，没有人情味，没有烟火气儿，显得有些寂寥。

每当这种时候，我就会收拾好包出门去东大街那一片的咖啡店工作，在洒满阳光的小院子里打开电脑，点一杯咖啡，看看书或者改改稿，或者偷听别人说话。

秋日阳光明媚，有飞鸟落满房檐，我停下来为它们拍一些图，路过的拄着拐杖的老爷爷也顺着房檐的方向观望了一会儿。

我最喜欢秋天，是因为它不热烈，但又不是生气全无。这和我很像，我在本质上其实不是一个乐观积极的人，但好在对发生过的事比较健忘，于是性格多温和与包容。

我回首看过去写的文章，会被那些盎然的朝气和无畏感动，但更多的还是对盲目自信的羞赧，有时候也会想：读者就是喜欢看我励志的样子，为什么不表达得更加慷慨激昂一些呢？

抱歉，维安好像渐渐做不到了呢。

仿佛夏日的太阳沉入秋日的湖水，焦灼感逐渐被熄灭，变成了一轮温和的月亮。相比曾经期待在湍急的河流里激流勇进，或者在开阔的海面上扬帆加速，现在的我开始偏爱那种慢一点、静水流深般的生活。

　　想要把自己的生活和精神拆解，条分缕析地明确每个部分，当它们逐渐被平稳地架构，就不会轻易动摇。在这个大部分人在探寻成功路径和方法论的时代，我想要把大部分的精力用于观察和筛选，找到适合我自己的，可以体面且愉悦地生活的策略。

　　前段时间看到一句话：人不一定需要恋爱，但需要"恋爱感"。所谓的"恋爱感"指的是一种每天都像谈了恋爱一样，有朝气蓬勃的感觉。

　　不过据我观察，我在大部分成年人身上找不到这样的感觉，他们反而有些像干瘪的苹果——向内收缩、坍塌，甚至表皮都起了褶皱，这是长时间孤独和内耗的结果，恋爱并不能让他们重生。

　　让他们重生的，反而是漫长的寂寞构建出来的空间，那些一个人自娱自乐时创造出来的热闹，为他们带来丰盈的汁水和坚硬的内核，帮助他们架起自己的骨架，并填充肉瓤。

　　先爱自己，再爱别人，而后被爱，应该是层层递进的关系。

　　我们需要的"单身感"，不是 single（单身），不是 lonely（孤独），而是 alone（一个人）。

　　或者叫，一人份的热闹。

Part 1

在破碎重整中
建立自己的坐标

拆解自己的生活和精神，条分缕析地明确每个
部分，当它们被逐渐平稳地架构，就不会轻易动摇。

每个女孩都该为自己起个
喜欢的名字

之前看了综艺节目《奇遇人生》，主持人阿雅和演员春夏到美国去追龙卷风，片子长达一个小时，纪录片的风格，打动我的不仅仅是大片低沉的天空、玫瑰色的夕阳和毫不温柔地呼啸的风，还有那个像白色风筝又像粉红石头的倔强女孩春夏。

　　阿雅在车上问她："一般别人怎么叫你啊？"

　　"春夏""小王""李俊杰"。春夏说，别人经常叫的是这三个名字。

　　这么少女的人本名竟然叫作李俊杰，我认识的另一个"李俊杰"是大学时为我们上现代文学课的老师，一个胖胖的中年男子。我实在无法想象这两个人用着同样的名字。

　　这个名字比她自身的气质硬朗很多，那是来自家人的期待——"识时务者为俊杰"。意味着"知道什么时候该做什么事情，聪明而有效率地活着"。

　　她说自己可做不到那样。有的人好像天生就不懂得该如何迎合他人的期待。或许对她来说，人生不是做出精明的选择，而是拥抱自己喜欢的，凭直觉判断，然后自负盈亏。

　　春夏说自己喜欢现在的名字，这两个字代表着"热情、恋爱、亲密关系"。

的确，这个名字是适合她的：明丽、温润，有那么一点点少女的慵懒，还有点缠绵的情欲味道。春夏之交，给人困乏和蒙眬感，有大片大片的暖雨落在花海里。

有人说这个看起来总是和周遭格格不入的女孩是个诗人，也有人说她只是个自我意识过剩的中二少女，更多时候她的名字前冠以"金像奖影后"的 title（头衔）。但或许这些模糊的印象、偏执的猜测、有头有脸的标签，都是不能和"春夏"这两个字相提并论的。

一个是社会认可的 title，一个是通向自我的谜底。

她本可以在通往"社会化"的康庄大道上功成名就，为自己编织前行的红毯，却怯生生地要逃走，转身为自己找答案。

说不清是她创造了"春夏"这个名字，还是"春夏"这个名字创造了她。

听到"李俊杰"三个字的时候我忍不住笑了。

实不相瞒，我自己的本名也很不"温柔"，像个男孩的名字，还是特别酷的那种，可以解释为"缓慢上升"。

的确，我的人生也如父母期待的那样不疾不徐，总是恰到好处地在合适的时刻被恰好的事物更替、覆盖。我喜欢这种平稳实在的自我成长方式。

"尹维安"这个名字是属于自己的。

大概十七岁的时候，有次朋友无意中这样叫我，我觉得好听就默默记下了。十九岁时开始做电台节目，这个名字才被正式使用。之后我为杂志写稿子，不好意思透露真名，就拿"尹维安"来遮掩，用着用着就习惯了，后来就留了下来。

并没有太多故事和来历，只是某天忽然发现"尹维安"承载了太多自我表达，思考的密度和频率远远超过我本身，于是我开始注意到它。

虽然这不是我的本名，但我却被越来越多的人以"尹维安"相称，他们说这就是你啊，这名字和你本人很搭，可我知道自己本身的性格不是这样的，我急躁、悲观、中二并且偏执，维安则是我的反面。"她"温柔、沉静而且乐观积极，可以较好地保持体面。"她"对于大部分事情看得通透、冷静，"她"是我可望不可即的人。

我常常在日记本、手机备忘录里和"尹维安"对话。我会问"她"，"她"也会回答我。我很享受这种分裂的感觉，并且在这种交流中与彼此达成和解。

以前有读者问过："你呈现给我们的样子是不是你刻意装的呢？为了让我们喜欢才这样的呢？"

说不上刻意与否吧，多是自然而然。不过说实话，我可能比任何一个读者都更喜欢这样的"尹维安"，因为"她"是我通过文字、设计和演绎一点一点构建起来的一个生动的女孩形象。

从某种意义上来说，"尹维安"是我生命里更明亮和清澈那一部分的投影。

她被我创造出来，却治愈了我，并且始终比我要先行一步。

她是我的野心、欲望和生命之火，是我期待的对象，也是我想要追赶上去，成为并且超越的人。

一个称呼真的会改变那么多吗？

我想是的。

在电影《伯德小姐》的开头，克里丝汀对所有人大声宣告："请叫我'lady bird'！"这个一头玫瑰粉色头发的高中生用这种方式与家人划清界限，证明自己是另外一个人。这个看起来有些古怪的名字，是她内心升腾起来的自我意识——一个女孩厌烦了别人为她规定好的生活，希望所有人用她的规则来与她交流。

有些孩子气，但一点都不幼稚。

一个女孩可以选择她想要的生活方式，"名字"只是一种小小的仪式。

我喜欢的歌手 Lana Del Rey 原名叫 Elizabeth Grant，其实也是个好听的名字，但远没有现在这个名字来得迷人性感。

她在采访专辑 The Profile 提到过自己名字的由来——

"我和我的妹妹还有一群说着西班牙语的古巴朋友一起玩耍……之后大家一起为我起了这个名字。这种舌尖跳跃的感觉让我很喜欢。"

"那这个 Lana Del Rey 是你所扮演的角色，还是真正的你呢？"

"百分百真实的我。"

有乐评人说这样的名字读起来会让人想到迷人的海岸风情、玫瑰色的晚霞、棕色鬈发、哈雷摩托和一支二手烟，而这些美妙的意向恰好就是 Lana Del Rey 的歌里经常传达出来的意向和场景，一种生活方式和气质。

一个女孩可以选择她自己的生活方式，她的气质，她的生命构成。这些诗意和幻想凝结在她想要被呼唤的那个词汇里。

还有我高中时喜欢的作家七堇年，她也曾在作品里提到过自己笔名的来历："这是父亲给我起的名字，他说那是因为在他的家乡，每年暮春时节会有漫山遍野的三色堇绽放。那种朴素的花朵有着能够弥漫一生的寂静美感。"

　　包括曾经时常被诟病为"银镯体"的作家安妮宝贝，从《得未曾有》这本书开始，她把自己的名字从孩童式的"安妮宝贝"改为了更接近她笔下人物气质的"庆山"。

　　为自己起一个用以呼唤自己的名字，那是一种人生观。

　　当一个女孩为自己起一个喜欢的名字，证明她有一个想要成为的"她自己"。

　　在这个人人都有身份焦虑的时代，我们常常被外界设定在某一个角色上，比如春夏在节目里说："我不要做努力的女艺人，我就做个普通人就好。"

　　这话我才不信呢，她是个野心会从目光里流露出来的人，她会努力过她的生活，经营她心中的那个"春夏"，不是"演员春夏"，也不是"明星春夏"，更不是"xx 春夏"。

　　就是"春夏"。

　　在我看来，女孩为自己起一个特别的名字，一个小称呼，就建造了一扇与自己对话的窗口。

　　这是成年之后与自己玩的一个游戏，悄悄话或者过家家，是让自己保持自己的一个很好的方法，是一种将幻想穿在自己身上的庄重感，是一种亦真亦幻的自我期待：

我会成为一个被自己喜欢的人。

这早就不是一个要努力成为别人口中的某某才算优秀或者成功的时代了，我们从来就不被任何人束缚着。

她可以，在人潮里
忽然被自己呼唤

"这个时代，如果你是一个'没有爱豆'的人，是不是都好像变得很奇怪了？"

我收到这封私信的时候是《创造101》最火的时候。朋友圈里的各位忙着pick（选择）小姐姐们，乌泱泱的应援灯光晃得人眼花。在一些人为了"爱豆"流泪尖叫的同时，也有一些人感到困惑。这个读者说自己不太理解身边的朋友为什么要把大部分的时间花到与自己没有太多关系的人身上，于是问出了上面的那个问题。

我说不奇怪啊，这就像有的人喜欢长发、有的人喜欢短发一样正常，没必要上纲上线的。但我理解她的意思，在一个几乎所有人都"爱豆"的时代，作为一个对大众的流行文化漠不关心的人，或许很难与大部分人产生简单的联结和共鸣。

我有时候也在思考我们和潮流文化的关系：我们是否一定要关注当下的热点，把自己的情绪和日常时间投在某一个明星、一部剧或者综艺节目上？

流行文化，这些潮水般不断上涌又不断退却的东西，其实就像一套不断翻新的语言，我们了解它，是为了更好地和大部分人进行交流。

英国人常常用天气与人搭讪，就像北京大院里的老大爷们见面互相问："吃了吗？"和一群同龄人待在一起时，我们说pick，我们说C位（center，核心位置），我们其实是在用最易于交流的语言和彼此达成共识。这并不是什么值得烦恼和困惑的事情，我们在"审美"上不一定要追赶潮流文化，但了解一下也无可非议。

　　我记得以前看过一句话，可能有点绕："我不喜欢我喜欢的人被太多人喜欢。"

　　我想说的是："我不喜欢因为太多人喜欢而喜欢。"

　　追求大部分人喜欢的样子，就能被喜欢吗？其实不管是"爱豆"还是普通人，我们都会面对这样一个问题。

　　昨天看了 GQ 的一篇报道，其中有一段让我印象深刻。

　　记者问 SNH48 的投资人陈悦天："如果从偶像个人的角度出发，有时候会不会为了迎合受众而失去一部分的自我？"

　　陈悦天说："找到平衡点是什么样子呢？一开始我是大众偶像，我迎合大众，但到了某一天，基础有了，忽然不想迎合大众，我想做自己。"

　　她提到了张曼玉到了五十岁的时候忽然开始玩摇滚。

　　陈悦天说："就是你作为一个人，被自己喜欢的终极状态一定是做你自己，不会是你做其他人。"

　　我忽然被这句话戳到了：作为一个普通人，我们也需要有自己的人设，那就是"我自己"。

　　其实"做自己"是一件很困难的事情，因为很多人并不知道"自己"究竟是什么样的。我的建议是，多花一点时间在"与自己交流"这件事上。我无法给出一个确切的答案，但我可以分享一些我自己的经验：

　　1. 保持自省

　　以前上高中的时候周末补课，每次都要坐差不多一小时的公交车。那时候在车上无聊，我就开始胡思乱想，当时最爱想的一件事是——回忆昨天做过的事情、说过的话，反思一下是否有做得不好的地方，有没有更妥帖的方式？

然后我会把我觉得自己做得不好的地方写下来，告诉自己下次需要更注意。

可能这样的做法很奇怪吧？但我保持了这个珍贵的习惯，很久之后才知道这就是"自省"，一种极为私密的自我复盘。

自省这件事情如果可以连接触觉，我觉得像是在冬天的雪地里呼吸。那种冷冽的感觉让人很清醒，思路清晰。对任何一点温暖都有良好的感知力。

它意味着不断地从言语、行动上了解自己，认识到并明白自己的劣势和缺点，并且有勇气面对和改变它。

2. 归零心态

简单些说，就是不在志得意满时目空一切，也不在失势时陷入自欺欺人的妄言。

这是我一直有点小骄傲的一种能力。可以理解为"不以物喜，不以己悲"吧。每次我完成一件事，哪怕是出版一本书、进行一次公开演讲或者拿到一个奖杯、一份业内优秀工作的 offer（录取通知），某件事情成真的时刻，是我真实得到成就感的时刻，也是我重新开始的时刻。

睡一觉起床后，我会当作什么事情都没有发生，好像一切从未发生过，我得以继续耕耘我的日常小日子。

归零心态可以很好地把自己从某种"标签"中解脱出来。什么意思呢？就是永远保持谦卑和好奇，不给自己过多的负累。

3. 不刻意追求"共鸣"，试着享受"差异"

前几天我发了一条微博，大概是这样的：

在我们还小的时候，特别容易因为"共鸣"而交朋友，但其实长大会发现，能够有"共鸣"的东西少之又少，更多的是相互之间的理解和包容。

每个人的人生轨迹方向不可预测，也并不存在绝对的吸引。于是我开始享受与朋友之间的差异（我说的是一些观念上的东西），并且分享各自的新观点。

得到他人启发的感觉其实没有那么糟糕，你会觉得"哦，原来世界上还有人是这样想的啊"，那种惊喜的感觉其实不亚于"哦，原来你和我一样啊"。

我们必须先有各自的岛屿，我们的飞鸟才有栖息之地。

相比成为一个"讨人喜欢"的人，成为一个"讨自己喜欢"的人要难上一百倍。

但人活这一辈子如此短暂，不也就是把自己的时间修修剪剪、排列组合，嵌入到认为值得的人、事、物中去吗？

如果说一个人的一生是完成一幅画，你的这幅作品如何去画，要画什么？你可以想得很清楚，也其实不用想得那么清楚。

总之，我们不是在描摹，我们是在创作。你得先创造自己认为美的东西，才有可能得到别人的认可。

就像金句仙女孙女士（我妈）说过的：

"你要学着认真分享，而不是琢磨如何吸引别人。因为'如何迷人'这件事是琢磨不来的。"

对不起，我给同龄人拖后腿了

我来北京实习，周围共事的人忽然就换了一批。

从少不更事的学生变成严谨苛求的职场人，氛围自然就不一样了，有时候大家聊起工作，感觉空气都往下沉了一些。

第一次去食堂吃饭的时候，邻桌有很多编辑前辈正在交流旅行体验或对某本书的排版见解，我初来乍到，不敢作声，怕自己孤陋寡闻、贻笑大方，又好奇地想知道他们到底在说些什么，于是低头扒饭并细嚼慢咽，尽量拖延时间，用表面上的斯文来伪装"偷听"的意图。

直到有一个前辈觉得我脸生，主动过来询问名字和年龄。我说我是1996年出生的，刚满二十二岁，大学还没毕业。他们的眼睛瞪得很大，纷纷感叹："可真年轻啊，后生可畏。"

于是话题又开始转向："1996年那会儿我都上初中了……"

我乖巧地坐在一旁，配合着露出天真的笑容。哪怕是以这样的话题加入了，能融入群体也是开心的，我暗自松了一口气。

那个时候我是公司里年纪最小的实习生，但这并不意味着我可以受到很多爱护和包容。那段时间赶上公司举办大型的文化活动，时不时需要往三里屯跑，我本以为自己的段位也就适合打打杂、拿拿外卖，谁知道领导放话："我可没有把你当实习生啊！既然来了，该做什么就不能怠慢。"同团队有个年纪比我大了不少的前辈，有一次把表格整理错了，也受到了严厉的指责。

走出大学我才知道，大家不会因为你年龄大就宽容你的错误，也不会因为你年龄小就对你予以照顾。

说到年龄，我发现在职场中，其实很多人对于年龄挺敏感的，不是怕被人知道自己年纪几何，而是怕别人觉得自己所做的一切配不上自己的年龄，或者说，配不上这个年龄的人应有的水平。

谁叫现在的年轻人越来越厉害了。

"95后"创业成功，"00后"也月入十万，新闻平台不断地用数字刷新我们的认知——我们原来觉得特别难的，不奋斗个十年二十年完成不了的事情，竟然都发生了。

有一期《奇葩大会》里火了一个月入十万的"00后"姑娘，她赢得瞩目的点不在于可以月入十万，而在于她取得这些成绩的时候才十七岁。

在很多人眼中，十七岁的天空不大，不外乎就是"学习""考试"这两件大事，每日按部就班地生活，有时候和父母闹点别扭，或者在日记本里为一点若有若无的情感纠结好久。期待自由，期待解放，期待自己考上好大学，找一个好工作，也能过上不错的生活，可以随便刷卡，买到商场里那条你觉得天价的牛仔裤。

但有个人忽然告诉你："她每个月可以赚六位数，而且她和你同龄。你向往的五年后的生活，有些人早就拥有了，甚至过腻了。"

这种震动和压力无疑是巨大的：你还在为了一场考试奋发熬夜，拼死拼活的时候，有的人已经早早地站在了遥不可及的高处。

能不感到生气、自卑、挫败吗？

可怕的是，那些原来只出现在父母口中的"别人家的孩子"，现在只要随便刷个微博刷个朋友圈就可以看到。网络连通了不同阶级的生活，带来了渴望，也带来了痛苦。

那些所谓的同龄人榜样，把我们绑架了。

我想起高中时期的一件事，当年我的朋友 Emma 英语成绩特别好，听说读写都很优异。高一时，有一次我们一起去老师的办公室帮忙，电脑里正外放着 BBC 新闻，老师忽然问我们，你们听得懂在播什么吗？当我还在吃力地辨别每一个单词的时候，Emma 说："听懂了，讲的是朝鲜战争……"

老师看向我，我尴尬地笑笑："差不多听懂了，有些词太快听不出。"

其实我那时候心态都要爆炸了，我哪里差不多听懂了，可能因为太紧张，耳朵都像关闭了一样，根本一个字都听不进去。我当时特别难过，为什么我们都在读高一，英语水平却相去甚远？

那种感觉无疑是羞耻至极的。但凡有一点自尊心和自信心的人，都会觉得被打击——明明我们读的都是一样的学校，教我们的都是同一个老师，我们每天一起上课、一起吃饭，为什么她的英语能力比我强那么多？

当然多年后的今天，我不再因为这件事情感到困惑，当年的那种或是失落或是愤愤不平或是忌妒的苦涩也不知是如何消解的。

如今我回望当时，才发现那时候的我仅仅看到"我们一样大"，却没有考虑到"她读的小学是主修外语的""她曾去国外交换学习过""她比我更喜欢看英剧、美剧""她对英语的热情远胜于我"……

"同龄人"其实是个伪概念。大家可能除了"年龄相同"之外再无更多共同点，每个人的见识、经历、家世、资源、能力等方面天差地别，根本不具备可比性。

　　而且我们总是用简单粗暴的结论来否定自我，喜欢把事情的结果归结于一些无关紧要的原因，却忘记了自己其实根本没有别人付出得多，其实我们根本没有努力克服过那些困难。

　　人总是对他人的结果眼馋，却忘记自己不曾对自己苛刻过，有一次在微博上看过一段文字：

　　"对于人而言，沙粒不断坠落的过程就象征着光阴的流逝，但不能单单认为这是自己的失去。如果将我出生的那一刻定义为我拥有了自己的全部世界的话，那么，我一直都未曾失去过时间，而是一直在获取时间。"

　　这样的话出自一个上小学六年级的、只有十二岁的小朋友之口。他是《三体》迷，有着与同龄人不符的阅读偏好，也有着令人佩服的思考深度和语言表达能力。

　　他誊写在作业本上的一字一句，是很多成年人，不管是二十二岁还是三十二岁，都不一定能够表达的。

　　这段话其实很值得玩味："我们并非被时间抛弃，我们其实获取的是新的时间。"我们其实每天都在获取新的机遇和挑战，那些错过了，被我们"用坏"了的时间早就消失了，纵使我们懊悔也无能为力。

　　我们可以做的，也就是抓住当下的时间，编织经历的密度，好好地让自己变成一个经历更丰富的人。你不需要与那些同龄人进行过多的横向比较，他们提供的只是一种"可能性"，对你而言，重要的是关于自我的纵深发展。

我最佩服的同龄人有两种：

1. 不会在荣誉面前飘飘然，稳定的厉害，持续的优秀。

2. 甘愿蛰伏，认准自己的目标，然后坚定地坚持。

他们都有一种共通点，那就是"不轻易羡慕别人而陷入焦虑"，不为社会"单一而功利"的衡量标准动摇。阿德勒说人的一生就是在自卑中完成自我的超越，如今的社交网络太容易让人自我膨胀或自卑，这些并不足以构成促使自己前进的动力。

别人的标准甚至世俗意义上的成功人生，而这些往往并不是自己的终极目标，为同龄人比自己优秀而自卑是合理的，因为年龄暗示着某种时限，但不要焦虑，保不准轨迹会慢慢倾斜，真正的超越是在跟自己的纵向比较中成为更好的人。

在我们追求干货的时候，往往低估了时间的作用，在我们追求成功的时候，却高估了时间的作用。

一个人在知道自己要去哪里、要做什么的时候进步最快。

尊重且珍惜
自己的敏感和脆弱

　　我曾发过一条朋友圈:"尊重并且珍惜自己的敏感和脆弱,它们其实是力量和创造的源头。"有朋友在评论区说自己"被戳中"。

　　事情源于前天晚上,我塞着耳机,一个人走在凌晨湿漉漉的鼓楼大街上,脑海里忽然蹦出一个问题:"我性格中有什么部分是我原来不喜欢,却又慢慢接受了的?"然后我就发了上面那一条朋友圈。

　　很多新认识的朋友说我脑子活、有想法,总能够从很多别人注意不到的细节中发现有意思的东西。但是以前没人夸我"敏锐",他们都爱说我"敏感"。

　　敏感的人其实很惨,光是活着,每天都要受一千种细小的折磨,因为有太多日常小事情会让我感到孤独、忧虑和不自在,我永远都不知道情绪的下一个波动来自哪里。

　　在学校的时候,如果一个室友问了其他两个人要不要去吃饭却没问我,我肯定会在心里暗自琢磨很久很久;如果男朋友转发了一个我不认识的女孩的微博,我可能把对方的微博翻到底;如果家人无意地说起哪个朋友的小孩考上了名校,我也会觉得语气中有深深的失望。

　　我当然也知道这样的举动太"玻璃心",太小家子气,可是我就是无法无动于衷,无法说服自己去做一个坚强、无所谓的人。

　　这是我性格中天生的部分,怎么可能连根拔起呢?

　　所以我常常小心翼翼地维护自己的心情,不会主动挑事,也会很自觉地避开那些会让我不开心的场合和人,时刻在寻找平衡点,如同装满水的玻璃罐,稍微跟跄一下,情绪就会翻涌出来洒一地。

那样的我，尽量保持温和善意，以为可以和周遭和平相处，殊不知在其他人看起来，怀有戒备之心的人其实更不可爱。

不过很意外的是，来到北京之后，我忽然发现其实像我这样的人蛮多的，甚至他们的生活中有更多波折。同样是玻璃心，只不过他们比我高明的是他们懂得怎么和那样玻璃心的自己相处。他们懂得如何捧着一颗玻璃心，然后做很多了不起的事情。

我在北京有个常去的小咖啡厅叫作 Alba Cafe，一般作为自留地，和朋友聊天都会去那里，不知道在那里度过了多少个还算凉快的北京的夜晚，也听过不知道多少个令人心碎的失恋故事。

我常常约出来的女孩叫小春。

与她相恋多年的男孩离开了她，小春本以为这不过又是一次"常规"的争吵、分手，过不了多久对方就会来找自己，但她等了又等，回到家乡，恰好在地铁里碰到前男友和一个陌生女孩靠得很近，女孩笑得很甜。

小春本来不屑一顾，觉得那个女孩对于前男友而言不过是自己的代替品，后来前男友说："我是真的喜欢这个刚认识没有多久的女孩。"

小春就崩溃了，生活一下子进入"冬天"。

她很清楚自己和前男友并不合适，他想要一个能够乖乖留在武汉、找份安稳工作、把他当作依靠的小女人，但小春在北京漂着漂着就对这片土地有了感情，再也回不去了。

哪怕是失去一个并不合适的人，对于小春来说也是件痛苦的事。她在这种理性和感性中反复挣扎，说起来的时候眉头还是紧锁的，语气有点激动，在喝一杯梅子酒之后缓了下来，抬头很认真地告诉我：

"我很难过，但我告诉自己，就当拓展自己的情绪体验吧。"

我很佩服她，她能在她的失落中找到意义，并且把消极转到积极的那一面。

前几天我看到她发微博：

"从4月初就开始的糟心生活被自己一点一点地打理好了。现在的生活是我想要的，也是我珍惜的。生活没有打败我，我会越挫越勇。"

我满怀敬意地为她点了个赞。

另外一个朋友林阿P在结婚前遭遇了悔婚，未婚夫找到了一个各方面条件更好的女孩，理所应当地离开了她。她的生活主题忽然被撤下，瞬间坠入茫然状态，从北方小城孤身北上，开始了和毕业生没什么两样的生活。

林阿P说起这些事情的时候，我觉得她的眼神里还是隐隐有兵器的冷光，但她好像释然了不少。

来北京一年多，她很好地适应了新的生活，虽然忙碌，但至少觉得生活是比以前更有意义的，至少，感觉在活着。

我没有见过以前的她，不知道她为什么性格这么温和，为什么温和里有这么淡漠的气质。

昨天我问她："你觉得离开小城来北京值得吗？"

"值得。"

我就没再问了，确认过眼神，是我喜欢的人。

我真的好喜欢这座城市，因为这里有太多和我一样其实并不是天生就那么坚强的人。

他们都不是天生的英雄，不过是一个个执拗的爱哭鬼。但他们都一边流着眼泪，一边变成了更好的人。

不是所有敏感脆弱的人都可以做到，但的确，心碎是一种蛮荒的力量。你可以在痛苦的过程中逐渐把自己给拼凑完整。

我逐渐开始接受并且利用自己的负面情绪，并且发现像我们这样的人没什么不好的，敏感脆弱的人其实拥有更丰富的感知力和共情力，可以更快地与人产生情绪的链接，更易沟通。

2017 年的金球奖颁奖典礼上，梅丽尔·斯特里普获得了金球奖终身成就奖，她在获奖感言里引用了刚去世的好友费雪的一句话：

"Take your broken heart, make it into art."

"让你的心碎成为艺术。"

大多数人的童年被教育要"坚强"，不能哭，不能后退，不能认输，仿佛哭泣和悲伤是一件很羞耻的事情。

但其实，这是人类再正常不过的情绪啊。

快乐并不等同于"正确"，难过也不是一种"错误"。情绪起伏本就是常态，维持一种"不兴奋也不悲伤"的平衡状态就好。你的悲伤和快乐其实一样有价值，不如接受它们带来的能量。

敏感其实是一种天赋，脱离了粗糙和麻木，让人可以更深刻全面地去感知生活和情绪。很多的艺术家、创作者，那些需要思考和表达的人，其实都是敏感的人。

比如我每次遇到让我没有安全感的事情，在每一个担心失去和搞砸的瞬间，我就会这样告诉自己："大不了就当是积累写作素材了。"事实证明，很多我自己认为真诚的质量尚可的文字，都是一次又一次细小的心碎换来的。虽然过程不太舒服，但我还是觉得很值得。

可能敏感脆弱的人才会明白，眼泪也是一种意义。

我不过「一见钟情」式的生活

这篇文章是我在 2018 年 6 月 9 日于扬州大学举办的 TED×YZU 活动上的演讲稿。

当时给出的主题是"决定性时刻",我回顾了自己的生活,与大家分享了一些发生在自己身上的故事。

这是我第一次参与较为正式的公开演讲,我很珍惜这次经历,于是想要把分享的内容再次用文字呈现给大家。

当我拿到这一次大会的主题——"决定性时刻"时,其实有点蒙。我仔细思考了一下,我不知道在我二十二年的生命中有哪些瞬间是"决定性的",是昨天结束的高考?是毕业之际接到的那个 offer?是和一个对或者不对的人谈恋爱?

思考许久,我发现了一件很可怕的事情,我真的不知道我生命中的决定性瞬间是什么,于是向我的恋人求助:"你觉得什么是决定性瞬间呢?"

他思考了很久,然后回复我:"确认过眼神,我爱上对的人。"

好吧,换作平常,我可能会被这样的"土味情话"甜到,但那天我仔细思考了一下这句话,发现有那么一点点问题。

"一见钟情"这样的说法我们常常遇到。

我们在文学艺术作品中特别容易遇到"一见钟情"的桥段——两个人的关系在一瞬间发生了质变,浪漫的故事就此开始。《泰坦尼克号》里的杰克和罗丝，《爱在黎明破晓前》三部曲里的杰西和塞琳，《怦然心动》里的布莱斯和茱莉，甚至《红楼梦》里贾宝玉那句"这个妹妹我曾见过"也是这个意思。

"一见钟情"可信吗？

我有个学妹帮别人写剧本，有一次写了一个校园爱情故事：男主角是新上任的年轻图书馆管理员，女主角是文学少女。故事的大概情节是，女孩在图书馆偶遇图书馆管理员，彼此一见面就都有好感，女孩天天来借书，男孩为了能见到她天天加班。当文学少女借到她的第一百本书的时候，管理员向女孩表白了。

学妹非常喜欢这个故事，把剧本交给了买剧本的甲方。甲方看了这个故事之后觉得还不错，但有一处不太满意，他说："把男主在女主借第一百本书时表白的设定换成第一本书吧，把男女主角相识的过程省略掉。现在的观众只想要看甜的、苏的情节，没那么多耐心等他们确立关系。"

从市场的角度来说，我完全能够理解，可是如果从一个严肃的故事创作的角度去思考。那些文艺作品中留白的部分，高潮过后急转而下的部分，那些人物之间彼此试探、犹豫和若有若无的情愫、漫长的失落，那些常常被避而不谈的东西，恰好才是我们真真实实的生活。

生活是由一个又一个短暂的瞬间组成的，没有轻重之分，也没有优劣之分。

"一见钟情"这样的思路出现在电影、文学作品中没问题，但如果我们将这种"一见钟情"的思路带入生活，可能结果反而不会太浪漫。

✦

　　两个月前，我帮《读者》杂志写了一篇约稿，主题是关于我的高中生活故事。我想了又想，最后写了我高二时的语文老师田老师和他妻子杨老师的故事。

　　后来这个故事刊登出来，挺多人喜欢，也有很多其他杂志转载刊登，我自己也把文章发在了公众号上，有很多人转载评论，其中还有我的高中学妹，正是田老师的学生。她们转发、评论，竟然转到田老师那里去了。

　　据说田老师是很激动的，毕竟看到自己的学生出书、写文章，还有关于自己的素材，不免有些骄傲，就在我们高中的年级大会上说了这件事情。

　　我的妹妹现在正在读高一，田老师说的内容都是我们打电话时她转述给我的，田老师大概是这样说的：

　　"你们的尹学姐从小就想当一个作家，但是她在高一的时候面临了一件让她困惑的事情，在文理分科的前夕，她很困扰自己到底应该选择文科还是理科，是我告诉她，你去选文科吧，坚定了她写作的信念。"

　　我妹问我，是真的吗？

　　我当时愣了几秒。我的数理化一直都不好，如果不读文科，我也不知道我要学什么了，而且田老师是我高二时的语文老师，我是在文理分科之后才遇见他的。

　　我承认我这样有些抬杠的意思，让老师在面子上挂不住。但我完全可以理解老师当时或许是比较激动，就稍微"夸张"了那么一点，顺其自然地创造了一个对于我所谓"文学之路"上的决定性瞬间。

再来说一件类似的事。

我在第一本书的后记里写了这么一个故事:"高中毕业那个暑假,也就是差不多四年前的这个时候,我十八岁,有一次和我爸一起喝茶,他问我以后想做什么工作,我说不知道,走一步看一步吧。不过我倒是有个愿望,很想出一本书,虽然不知道可以写什么,也不知道要怎么出版,哪怕是自己出钱去印都好。"

我当时自然是在吹牛,我爸当时也觉得我是在吹牛,就鼓励我:"那好,三十岁之前,你努力把自己的书出版吧。"

说完之后我就忘记了。在我遥远的二十一岁,也就是去年差不多这个时候,我真的出版了自己的第一本随笔集,而且我没花钱,还赚了一点钱。

在那本书的选题通过后,筹备封面的时候,我给我爸发微信:"你看,我没骗你吧。"

说出这句话的时候我是很自豪的。如果你是和我一样有些中二的人,可能你也会觉得这样的感觉是非常爽的,或许你能理解那种"我当时随口一说,就真的可以做到"的很潇洒的感觉。

这两件事讲完了,现在我们退回去做一个假设。如果说我大二的时候没有在网上写东西,如果我写了也没有人看,或者说我根本就没有坚持下去。那么我不可能被很多读者知道,我也不可能出版我的随笔集,我也没有"自由撰稿人"的标签。

如果我没有出版那本书,我还会想起曾经无意中吹牛的时刻吗?我的爸爸会想起来吗?哪怕想起来了,或许我们都会心照不宣地避而不谈,也更不会有田老师那么夸张的"当年文理分科前的鼓励成就了我的文学梦"之类的故事。

这些事情让我明白的一个道理,就是大部分人看问题或许是以结果为导向的。如果没有一个结果,没有一个既定的事实,所谓"言出必行"这样的词汇是不会存在的,那些被单独拎出来的瞬间，也是没有太多意义的。

所以我想，很多"瞬间"的力量常常被我们夸大了，因为有一个完满的，甚至伟大的结局，人们才热衷于放大过去的任何一个细节，强行把细枝末节的东西作为理由，因为这样的修饰是万无一失的，是安全的。

这样所谓的"决定性瞬间"，其实是我们基于当下生活的一种非常主观的判定。所有的瞬间都是同样重要的，正如芥川龙之介说："删除一生中的任何一个瞬间，我都不能成为今天的自己。"

对我而言也是如此，如果撤销了我生命中的任何一分钟，我都可能成不了今天的我。

或许有的人会说，如果人生中都没有一个可以称之为"决定命运"的时刻，那该有多无聊啊？

其实我认为"决定命运的瞬间"有，绝对有，但如果真要拎出来仔细分析，或许会让你感到失望。

昨天我在看 *GQ* 杂志编辑王锋的《愿你道路漫长》，里面提到一段话：

"原先以为，才华是一个门槛，后来懂事点，觉得勤奋是你的一个门槛，再往后，当知道自己既没才华也不够勤奋的时候，发现时间也是一个门槛，一件事，你坚守了足够长的时间，总会有所得。这种所得，不在于名利，不在于你到底做了多大的事，而在于你知道自己有所成就，也知道了自己的本分和局限。"

就拿刚刚结束的高考来说吧，我相信二十几天之后，肯定是几家欢乐几家愁，我不带褒贬地说，有的人进入数一数二的名校，头顶光环开始全新的生活，有的人在三本甚至专科学校里依然开始全新的生活，曾经的同路人开始分道扬镳。

这样的事实非常残酷，但这就是事实。

我见过很多大学生，我在和他们聊天的过程中发现其实有很多人，沉浸于自己过去的某一段经历里一直走不出来。

古人有一个成语叫作"刻舟求剑"，我觉得这个词很有意思，说的是拘泥不知道变通。其实客观现实早就变化了，但仍很固执地坚持着一件事。

每当我们觉得自己的过去很失败的时候，你要去想，其实我们是坐在一条船上的，船是始终行驶在水上的，虽然那个船上的刻记一直都在，但你肯定不是曾经的那个你了。

所以我想说的是，请你保持对"此刻"的尊重，不要让过去成为此刻的借口，不让未来的自己为此刻买单。

什么意思呢？我做一个非常简单的比喻：

我觉得在恋爱中，有两句很酷的话。

第一句是："爱过。"

我们是真心相爱，但我们也是真正不爱了。套用一句歌词是："我们曾相爱，想到就心酸。"

第二句是："我们又不赶时间。"——出自电影《志明与春娇》，这句话的前一句是"有些事我们不用一晚都做完的",大概意味着,我们对于当下是有安全感的。我不想去过多地捆绑我的未来,我只专注于当下的时刻。

我们真正拥有的只有此刻,所以我希望大家可以努力不被过去牵绊,也不把力气放在空想上,更多地去感受此刻,感受当下存在的力量。

如果真的有一个决定性瞬间,我想它的名字就叫作"当下"。

感谢我们拥有着彼此的"当下"。

喜欢别人是一种本能，
喜欢自己是一门学问
——写给妹妹的一封信

亲爱的妹妹：

见信好！

很多年前听一期电台节目，听到柏邦妮给妹妹写了一封信，那时候我才十五六岁，也很想给当时才上小学的你写一封信。无奈那时候我小你也小，想写却不知如何开始。

等到你也十五六岁的时候，我二十岁出头，不知怎么就成了一个文字工作者，有一天忽然在电脑上敲下这篇文章的开头，我想，大概是时候写这封信了吧。

我今年大四，你正上高一，我们之间相差六岁，在各自的年纪里做着理所应当又有些乏味的事情。

虽然我们联系的次数很少，但每次通电话，你如同小鸟一样叽叽喳喳的样子让我很感动又欣慰。你愿意和我分享那些你认为重要的事情，一次失败的月考、一场热闹的同学聚会、一个让你感到害羞和困惑的男同学，或者仅仅是某一个历史或者地理的知识点。虽然那些东西对我来说已显稚嫩，但我仍觉有趣。

不知道你记不记得，七八年前，我把本来已经送给你的小贴画撕了。你哭了好久，我还觉得自己并没有做错什么，因为"那本来就是我的"。那个时候的我自私、敏感、不懂事，没有安全感，对你的存在抱有些许的敌意，并没有意识到你是完全无辜的。随着自己慢慢长大，离家越远，那些埋怨都开始纾解，我反而变得包容、柔软，对一切关系都怀着感恩之心。

你是我珍惜的人。我是看着你从"小毛毛"长成大姑娘的人，我是那个并不常在你身边，但愿意一直陪伴你的人。

✦

你的枕边书从《我的野生动物朋友们》变成了某系列言情小说，那些带着蝴蝶结和小动物的发带被收进了盒子；你开始穿胸衣，不再收集彩色胶带，开始频繁地照镜子看自己的面容和身材；你开始写日记，开始偷偷和某个男孩子发消息，用有些拙劣的理由谎称和女生出去玩。

我看着这些熟悉又遥远的举动，不得不告诉自己"妹妹终究是长大了"，不知道为什么竟然会有点难过，人有时候并不是那么心疼自己的成熟，却对别人渐渐远去的天真而感到失落不已。

虽然我们相处的时间并不多，但我想陪伴的意义远不在于空间上的靠近，而是一种内在的支撑感。就像给从来没有游过泳的人套上救生圈一样。我所能做的，是在你与生活真正交手之前，尽可能地以我的视角，将这个世界分享和预告给你罢了。毕竟往后的路，还是需要你自己去走。

你就读于我待了六年的学校，我很明白你现在的处境，现在高中的升学压力比我们那时大多了，需要每天面对试卷、分数、排名、老师期盼的眼神、同学之间有意无意的比较、爸妈的唠叨和叮嘱，这些构成了你们这个年纪的压力和烦恼，不比有着房贷的年轻白领好到哪里去。

你说你看过《这个杀手不太冷》这部电影，不知道你是否记得里面的一句台词："人生总是那么艰难吗？还是只有小的时候是这样？"

里昂回答玛蒂尔达："总是如此。"

这个世界不知道从哪天开始变得有些浮躁，有些喧闹，充满了利益和欲望的泡沫，大部分人不明所以地拼命往前赶，追逐着世俗意义上的成功和光鲜，可是人生的好坏哪有固定的标准呢？

我不想再去告诉你要努力，追求什么样的排名，什么样的成绩，如何优秀，而想在所有人告诉你该如何往前奔跑的时候，提醒你停下来看看自己，不要变成你讨厌的样子。

这样的生活"预告"会不会有些悲观了？但我相信你仍然会感兴趣，我经历过这样的心理状态，正身处封闭环境，却渴望逃离。你现在正处于渴望与外界交手的年纪，所以我今天不打算和你说成绩与排名的重要性，而想告诉你一些可能离你现在的生活很遥远，但你终究会遇到的事情。

首先是"爱情"。

我不知道你是否已经有男朋友，但我觉得一定有男孩子喜欢你，这很正常，不要为自己的感情感到羞愧。

喜欢上一个人是本能，但是"如何喜欢别人""如何在喜欢别人的同时喜欢自己"，则是一门学问。

我并不反对你早恋，但我不希望你觉得爱情就是一切。你必须明白你的每个人生阶段里重要的事情是什么，爱情并不能让你坚实地站在大地上，从某种角度上来说，它是一件生活的战利品，不要把对于生活品质的希望寄托在谁的身上，父母会老去，你会独立，也不要相信某个男人"我养你"这样的话。你需要找到能够真正支撑自己的东西，不管是物质上还是精神上。

不要随随便便地爱上一个人，也不要随便放弃一段感情。

真诚地对待你选择的人，但是在爱人的同时不要放弃自己的生活。有自己的工作和兴趣爱好，有自己不为人转移的追求是一种迷人的特质。

再一个是"独立"。

小时候你是我的"小跟班"，你学着我画画，写小故事，披着被单扮女侠，我们一起拿着硬纸板做武器满屋子打闹。爸爸总对我说："你要好好学习，因为你是妹妹的榜样。"爸爸总对你说："你要好好学习，姐姐是你的榜样。"

说实在的我真不觉得自己很优秀，也不希望给你的未来导航，更不需要成为你的榜样。有一天你告诉我你想去做设计，你发现家里的插座设计得很不合理，有改进的意见。我内心欣喜不已，说不定你的未来或许要奔着自己的方向去了。

要记住，你永远有着追求自己所爱的权利，不需要让"成为谁"或者"超过谁"变成你前进的理由，要相信"梦想"这样俗气的措辞，相信"坚持"这样有些土的方法论。要努力地更新自己，多看书，多思考，培养自己身上独特的气质。

独立，自爱，又有自己的原则，却又不能不近人情，因为美是一种亲切的感召。

还有一个是"野心"。

不知道你有没有看之前很火的电影《摔跤吧，爸爸》，我很庆幸我们的父亲并不是那样一个极端严厉的人，但他在我们身上寄予的厚望并不少。他是谨小慎微的人，对于一个标点都很严谨，自然理解不了你因为粗心而做错的英语选择题。我们的父亲是成功的，但他的人生里也有很多遗憾和失望，从某种意义上来说，他真的想把自己缺失的部分在我们身上补回来。

你已经很懂事了，学习和生活都不用家人操心，可我还是希望你长成一个温暖、善良，但不那么安分且心气高的女孩子，最好带着一点点野心，这个词或许你现在看来有点尖锐和嚣张，但随着你渐渐成长会发现它是个好东西，这是一个弱肉强食的世界，你需要去争取，去靠实力说话，哪怕一句话都没说，别人也能看见你。

但千万不要耍手段和玩心机，这和玩游戏作弊一样没意思。

你的野心不是针对别人，而是征服昨天的自己。姐姐正是这样一路走来，深知这样的选择需要付出的代价，会过得很辛苦，但至少每一步都是自己争取而来且踏实走过的，容不得半点弄虚作假。

以前你小，我也小。那时我不懂得该如何去爱自己的亲人，后来我长大了，那种惺惺之心才忽然泛滥。我或许不是一个好姐姐，从小并没有照顾你很多，陪伴你很多。

我去过很多地方，给你寄过很多张明信片，每张都无一例外地落款：爱你的姐姐。这句话是可以兑现的，如果你以后想往外面飞了，就尽情地往外飞吧，去见见世面，去恣意生活，去享受年轻的好时光和所有奋斗的日子，但你要记得，难过的时候、撑不下去的时候，要回家，要打电话给我。姐姐永远在你的身后。

我当然希望你成为一个成功的人，考上好的大学，找一个好的工作，有美满的幸福家庭。

但我更希望在所有人都给你打强心针的时候，我能成为你的镇静剂。我希望能教你平和、柔软、热情地面对一切生活中的好事、坏事，永远不要放弃对未来的虔诚。

相信我，你是一个很可爱的小姑娘，将来也会成为一个漂亮、可爱的女人。

我一直为你感到骄傲。

爱你的姐姐

2017.9.20

二十二岁相信的东西，
是想要用一生去拥有的

直到二十二岁结束也没完成的一件事：文身。

作为一个打耳洞都要深思熟虑的人，我并不觉得这个想法是一时兴起或者好玩。去年在凯恩斯的民宿，隔壁住了一个金发碧眼、有些壮实的年轻女子，我在车库收拾行李，她看我是新房客就来帮忙，她撸起袖子，手臂上大大小小的奇异图形和文身线条缠绕到了指背上。

我夸她的文身酷，她建议我也去文一个，我解释说自己虽然成年了，但是个尿包，怕痛。最主要的原因是我爸不让，于是也就没敢。

她帮我出主意："我见过很多日本女孩会文在侧腰或者大腿上，一个很迷你的小图案，被衣服遮着，不会轻易被发现。"

我说我想文在身上的是一句普通的歌词，出自 Lana Del Rey 的那首 *Cherry*：

"My cherries and wine, rosemary and thyme.（我的樱桃美酒，迷迭香和百里草。）"

"是什么意思呢？"她问。

"就是一句歌词，我觉得她唱这一句的声音特别好听。"

"我觉得或许文图案比较好，歌词的话，万一你以后不喜欢了怎么办？"

"二十二岁相信的东西，是会相信一辈子的。"

Taylor Swift 在《22》里唱："We're happy, free, confused and lonely at the same time.（尽管我们感到困惑与孤独，却仍旧幸福与自由。）"

我的二十二岁也差不多，清醒、沉醉五五开，有闲散和释然，也有焦虑和反省。

习惯了"单打独斗"，习惯了按自己的策略生活和发展的我看似有主见，但在很多事情面前迷茫依旧。2018 年是我比较偷懒的一年，因为处于某一种舒适区，很多东西看似来得容易，一个接一个，都没有给我任何逼仄缺乏的感觉，让初入社会的小年轻容易轻敌，面对自己的人生太过于心高气傲，把所有的野心在前几步就花光。

二十二岁这一年感觉自己不像二十一岁时那么大步向前，无所畏惧。这反而像是停留在原地，拍拍身上跌倒时沾染的灰尘，顺便打了个盹休息了一会儿，准备摸着自己的天花板上路，并且要面对人生前路的无尽分岔。

这一年多的是反省以及思考反省过后的策略。

我得到的是什么呢？是一些自己认为珍贵但易碎的东西，照例与大家分享。

"得学会接受一个事实：没有人能时刻做好人。"

我曾经听过一句话："如果你在一个人的故事里成为好人，那你在另一个人的故事里会是坏人。"

越长大我们越容易陷入某种"两难"境地，因为世界很复杂，人心也是如此，若拿着扁平的标准去衡量立体的事物，只会让自己越来越困惑。

成长意味着我们拿着一把两边是刃的匕首，只能刺向一个方向，是"伤害"他人以求自保？还是牺牲自我来保护他人？

当我们只能在委屈别人和委屈自我里选择一个时，我们认知里的善良必然会受到挑战，我们必然会陷入自我的折磨。

理解世界的游戏规则，面对一切尽量通过公平竞争去取得。选择自己认为对的，然后自负盈亏。

不用执着于"我这样做了会变成什么样的人"，在我们可控的范围内降低伤害已是万幸。人的阴暗面虽然可怕，但也平常。

理解人的复杂多面，真心本就瞬息万变。

"在艰难的时刻不如侧身而行，偶尔弯腰也可以。"

2019 年也会是大环境较为低迷的一年，周围很多做好创业准备的朋友都打算收拾收拾回去上班了。作为一个暂时的自由职业者，我非常理解他们，理解的同时也瑟瑟发抖。自由的代价就是当大环境（市场）波动的时候首当其冲，没人保护我，我就坐在浪尖上第一个被晃荡出去。

我说的就是关于钱。说实话今年看到支付宝账单的时候吓了一跳，也不知道自己去年什么时候赚了这么多钱，也不知道自己是花在了哪里，但花掉了就是花掉了，享受过了，就得承担带来的所有风险。

今年需要学习节俭，所以我早就做好了消费"降级"的准备，很少走入星巴克，代替品从瑞幸换成了 7-11 买二送一的美式咖啡。觉得自己得收起一些无用的矫情，冬天来了就要过冬，躲在房子里看书也挺好。

　　我以前很害怕集体性的艰难时刻，后来才慢慢缓过劲来，其实相较于一个人默默地崩溃，大家一起崩溃、低迷有时候反倒不会太惨，这是一种被稀释的悲观："反正大家都这样，也没必要那么焦虑，做好自己就行喽。"

　　侧身而行，指的是需要走得慢一点，脚步轻一些，哪怕需要弯腰低头也没关系呀。大环境低迷时是学习和积累的好时候，有自己的节奏，比什么都重要。

　　"此刻即未来。"

　　得出这句结论让我感到有些沮丧，这意味着作为一个有些追求、对个人成就较为偏执的人，我是无法心平气和地一直在家里休息了。

　　我一直感谢几年前不明所以地什么都尝试、什么都不怕的自己，才让我今天有了那么一些信心和谈资，做事情的时候轻松、顺利了那么一点。

　　在骄傲的同时焦虑一点都不会少，因为这就意味着，如果想让人生持续保持前进的姿态，就必须做好当下所有选择的事情。

　　我们现在所做的所有事情都会引起质变，想要达成一个目标就必然免不了乏味的重复和突破舒适区的痛苦以及独自练习的孤独。现在承担的每一份重量都是在为未来某个时刻减负。

　　人生环环相扣，对此我毫不怀疑。

　　"谨慎地面对一切可以快速有回报的事物，捷径有时候意味着提前透支。"

上次我去杭州出差和大力吃了个饭，她一直开玩笑说很希望自己今年三十岁，二十岁出头的时候是踏踏实实兢兢业业努力工作过来了，二十八九岁的时候遇上了公众号，生活一下子变好，也会满足于这样的生活升级。

她担心过早碰上的好运气会让人提前消耗灵气和天赋，被快速的成功捧起来，又要独自收拾红利过后漫长的失落。

我完全理解她的意思，我也会特别谨慎地面对所有"快速取得结果和成绩"的事情。快钱赚多了，快速地取得了一些小小的成绩，人就容易心高气傲起来，高估自己，低估生活，并且把一切事物都想得简单。

博主 @ 罐头辰关于 KOL（Key Opinion Leader，关键意见领袖）有一段言论："KOL 们，或是误打误撞，或是个人机遇加上努力，或是家庭与关系带来的资源，甚至是以上的条件兼有之，让你们和最底层的老百姓拉开了生活条件的差距，甚至有人以此作为跳板实现了阶级跨越。"

一直很幸运，在很年轻的时候就偶然碰到了一些机会，让我觉得自己和其他人的生活不太一样，虽然并没有赚到什么大钱或者大的名气，但给我自己带来了非常多的改变：自信心、表达能力、机遇、眼界或者说生活水平的提高。

人很容易将其他事物的光芒误认为是自身的光芒，这是必须时刻反省和掂量的事情。我们需要搞清楚脚下是自己亲自垒砌的砖，还是时代和市场带来的短暂泡沫，不要等到泡沫爆炸，从自以为的虚幻高度跌落时才开始慌张。

我认可罐头辰的观点："KOL 这个身份只是一个跳板，可以用它来换取一些资源，做自己喜欢、擅长、实现理想的事情，而非把它作为职业本身。"

还是得把最终目的放在自我的积累和提高上，人不能只靠风口和运气活着。

特长不是天赋，是坚持不懈地练习和打磨的结果。

我想把那种被别人甚至自己都定义为"运气"的东西变成名副其实的一场交易，因为很公平。

"有相对稳定的信息源，与欣赏的人比肩而立。"

我有幸参加过一些奇怪但好玩的活动，见到了一些网红与业内大V，了解过一些行业套路，对眼前所见的完美人设都会习惯性地保持距离。

年轻的时候对"价值观"有强烈的需求，因为表达能力赶不上表达欲，而自身并没有形成完整的思辨系统，于是很容易追随或者崇拜某人，很容易误把他人当信仰。

之前看采铜老师的公众号里有一段文字："一个人走完一生都要经过一重又一重的关隘，大多数时候我们是孤身一人，纵身一跃。"其实绝大部分的人对另外一个人的价值观并没有那么多的好奇心，仅仅是因为他们陷入某种迷茫的境地，需要一份"参考答案"。人们关注的还是与自身利益切实相关的东西。

我是一个对他人缺少好奇心的人，一直以来也觉得"事不关己"没啥问题，现在才觉得其实这样也不太好。人是所有奇妙的源头，如果有一个较为相信且愿意追随的人是一件很幸福的事情，因为对人的好奇心会推动我们尝试并且了解一个之前并不属于我们的世界。

在某一段时间内，关注几个你认可的人（看书、看电影、听讲座、交朋友，关注微博上的博主都算），看一看他人的思想动态，比对和学习，在追随里获得更新自我的能量。

不过需要保持一种健康的距离，任何最好的关系，都是平等且可以交谈的，换而言之，比肩而立。

"我所理解的浪漫：在平凡短暂的生命里相信对自己而言的永恒。"

二十二岁的时候，人生出现了一些小的转折，遇到了一些人和机会，让我打量起自己的未来，忍不住刻薄，又忍不住温柔。

刻薄在于，我知道生活很艰难，无能为力的事情很多，我还很年轻，但我没有时间矫情，因此过多的情绪化在自己看来都是可笑的。

温柔在于，好像建立起了自己的价值观堡垒，做的每一个选择或许在外人看起来不合时宜、不正确或不划算，但都能在自己的世界里得到合理且清晰的解释。

我常常被一些人说过于"理想主义"，又被另外一些人评价为"可怕的理性"，可能这两种特质我都有吧，它们并存于我身上，让我拥有更丰富的侧面，在面对这个让人无奈的世界时还有一份对自己而言的热烈。

我是一个追求浪漫的女孩，对我来说，浪漫其实是一种私人的可能性，是唯心的、超出常理的，我相信它是平凡短暂的生命里存在的永恒。

向内的勘探即将结束，我也该重新对世界怀着某种好奇心。

对于二十二岁，我也没什么想说的了，既然已经平稳降落在二十三岁，我感谢自己有能力一如既往地做着自己喜欢的事情。

那个文身，或许会在未来的某一天落在我的手臂上，因为它对于我而言不仅是一句歌词。我没有告诉那个女孩，我的樱桃美酒、迷迭香和百里草到底意味着什么——

"My cherries and wine，rosemary and thyme."

（爱情的）甜蜜、（创造的）灵感、（之于自己的）忠诚与（面对生活的）勇气。

这是二十二岁时憧憬的东西，我应该用一生去拥有。

大学里总要经历两次内心崩溃

这几天忙着第二款周边乱七八糟的琐事，加上忽然的出差任务打乱了计划，凌晨一点多的时候我才好不容易钻进被窝。初春南方的室内空气冰冷，我手脚微凉，戴着一次性的发热眼罩，希望借助那点温暖快速放下手机睡去。

手机在枕边嗡嗡作响，以为是工作上的缺漏，我赶紧拿起手机阅读消息，是读者半夜发来了私信。

那个女孩子用不带逻辑的文字把自己贬损到体无完肤之后，把所有的失望情绪都倾泻在了我这个陌生人的手机上。她说自己一个人在宿舍的被窝里偷偷哭，打完这些字之后，脸上刚涂的水乳都冲没了。

我猜她明天早上一定还会按时起床，带着微微红肿的眼睛独自去上课，避开人群，塞着耳机，就这样一个人走着。别人问她怎么了，她会微微笑着说没事，没睡好。

对于昨晚的难过，她什么都不会说。

我没有回复她，因为我不知道该怎么说，于是关上手机闭着眼睛躺着。我好像做梦了，梦到自己走在我大学时宿舍通往教学楼的那一条长长的柏油路上，去十足（超市的名字）买个三角饭团加一罐咖啡，穿过宿舍楼的铁门，路过那些山茶花树，踩着阳光底下映着斑驳的影子的砖块，塞着耳机，夹着日程本和书，背着挎包去图书馆上自习。

最寂寞的那段时间，我听 Lana Del Rey 和 Leonard Cohen 的歌，有时候也会听 Agnes Obel，他们的声音让我放松，有时候会让我减少一些焦虑。

大一、大二的时候，我常常坐在第二排或者第三排最左边的位置，那样离黑板不会太近，也不会太远，可以和老师互动，也可以偷偷玩手机、看闲书。

很多时候，我的左右并没有其他同学，我的其他三个室友坐在一起，刚开始我会觉得这样有些奇怪，被人看见不太好吧，后来也习惯了。上课嘛，一个人的事情。不过老师让分组讨论的时候我也会有些不安，毕竟我常常需要临时找人"搭伙"才能避免落单的尴尬，好在那时候班上同学待我不薄，总会主动问我要不要加入他们。

失去了几个人的情谊，换来了其他人的善意，现在想想也挺不错。

这些平常不过的场景曾日复一日地出现，如今闭上眼睛我依然可以清晰地记得。因为那时候的我看上去表面很平静、淡定，甚至给人活泼开朗的印象，内心却常常陷入一种自卑、迷茫和手足无措的悲伤。

这样说可能有点矫情，但我想大多数人会明白。

进入新环境，遇到新的人，我们开始用新的事物来反观自己，忽然发现这个自己是如此不好，就像那个女孩的"自我控诉"：

"觉得自己越来越孤独，开心的值域变得好高，觉得自己属于那种不喜欢、不讨厌也不知道自己想要什么的人，遇事总是摇摆不定，觉得自己一无所长，平庸至极，不会唱歌不会画画不会跳舞，没有什么可骄傲的东西。

"希望得到关注，但目光聚焦在自己身上的时候又会感到不自在。不好意思向爸妈要生活费，感觉自己成长的速度赶不上他们老去的速度，但又赚不到那么多钱，很多时候只能憋着哭，还不能哭出声。"

自我但又找不到解决办法，于是开始慌乱，于是手足无措，于是被种种压力逼到某个境地，内心无处求解，在外界无从找到发泄的地方。内外都堵塞的时候，内心便开始崩塌。

我很能理解她。

因为我大学里经历过两次"崩溃"，说得好听点，叫作"打破了对自己的固有认知"。

第一次崩溃来自失败的人际关系，一段失败的宿舍关系直接让我重新解剖了自己，然后用一年的时间把所有湿漉漉的心情洗涤晾晒干净。

具体的事情一些老读者应该知道，我不加赘述，总之是关于宿舍矛盾，让我在一段或被动或主动的孤立状态里理清了自己的思路：

"个体与集体的关系究竟应该如何？我是否需要违背自己的直觉和脾性维持关系的稳定？"

没有人和我站在一起的时候，如果我觉得我是对的，那我只能和我自己站在一起。

第二次的崩溃来自自己的软弱，其实是很具体的事情（这样说来竟有些好笑），那时候我们学校的电台正在招聘新一批的干部，其实我是对电台抱有巨大热情的人，但我害怕去竞选，因为我非常害怕与人产生冲突，哪怕是竞争关系都让我非常不舒服。

但不服输的性格又不允许自己一直待在原地毫无作为。纠结再三，我放弃一切，开始做自己的事情。

后来我就开了公众号，做了电台，做了许许多多我以为我做不到的事情，这些东西看上去让人（包括我自己）有一种我过得很好的错觉，但只有自己知道，拿 gap year（间隔年）换按部就班地读书，拿自由职业换找稳定工作，其实我是在铤而走险：

一步一步地把自己推出轨道，一步一步地在开垦里发现自己其实就是一个需要生活在"规则"之外的人。

规则是什么？规则有时候不是正确的代名词，而是大部分人选择的集合。

我们其实不一定要活在规则之内，我们可以建立自己的规则。

但这个过程很辛苦，因为我们不仅要抵抗种种变数，还需要克服"违背规则"带来的压力和心虚。

为什么要这样做呢？

"没有为什么。因为我就是这样的人啊。"

能够坦然地为自己所有的选择做出合理的解释，成功自洽，其实是非常难的事情。

我在大学的时候做不到这些，我反复犹豫，反复地在想我是不是错了，我是不是有问题，我是不是应该按照他们希望的样子生活着。

我发现我做不到。

那就承担这个选择带来的一切未知变数吧。

想起有一次和朋友去逛圆明园，我们坐在湖边的石凳上晒太阳，几只患有眼疾的流浪猫在草坪上打滚、小跑，我们并排坐着，望着远处的居民楼顶发呆。她说：

"维安，你是一个在大学里忽然自我意识爆棚的人。而我是到了大学毕业才忽然意识到自我的存在。"

我望着远处的云，眯着眼睛思索"自我意识"这个词。

"对，"我说，"是这样的。"

✦

前几天在豆瓣里看到用户愚小姐的一段话：

"我们或早或晚都将有意识地察觉到自我的存在，我觉得它是我们在生命旅程中不断发现自我。

"成为真实的自我而迈出的第一步，是我们第一次愿意接纳自己与别人的不同，愿意在自我与集体冲突的时候，跟从自己真实感受而选择的力量。"

就像山本耀司那句广为流传的"自我"定义：

"自己"这个东西是看不见的，撞上一些别的什么，反弹回来，才会了解"自己"。所以，跟很强的东西、可怕的东西、水准很高的东西相碰撞，然后才知道"自己"是什么，这才是自我。

大学阶段是很神奇的四年，每个人都可能在这段时间遇到一些事情，是具体的人或事物，他们或许不会惊艳，甚至让你痛苦和纠结，但一定可以帮你了解到你自己是谁，你需要什么，你要往哪里走。

如果没有企图出逃的野心，我们可能从来没有意识到那条捆绑我们的绳子的存在。

那条绳子一直在那里，一定有一些时刻被我们无意中碰到，最开始我们会隐隐觉得不舒服，后来觉得痒痒的，再后来勒得我们有些疼，直到最后，会有窒息的感觉。

要么选择做一个从未意识到绳子存在的人，要么去剪断它，与他们对抗。

内心的崩溃不可怕，真的，崩溃其实是一种新的开始。

你在重建自己。

Part 2

生活中偶尔出走的权利

保留一些自己的定力，在惯性和麻木中多一些清醒。

不要总为了成就别人而奉献自己，却忘记自己也有

发号施令的权利。

舒适圈内放不下灵魂，
舒适圈外容不下肉身

闲来翻蔡澜先生的微博，被一条热门问答逗笑：

网友问："如何走出舒适圈？"

蔡澜先生反问："为何？"

如果有一个人说自己"要努力走出自己的舒适圈"，我们大概不会感到诧异。

这句话不知道从什么时候开始流行起来，就像"努力努力再努力"一样成了一句自我勉励的口号，满满的正能量。

"走出舒适圈"，这五个字在字面上给我们一种突破的快感——脱离循规蹈矩，不再原地踏步，仿佛进入了新的人生境界。

但是仔细琢磨一下，又觉得好像哪里有些不对……

既然舒适，为什么要走出来呢？难道人生的目标在于不断自虐，不断给自己添堵？

我在朋友圈和读者讨论，众说纷纭，各自有理又模模糊糊，这引发了我的一些思考：到底要如何理解"舒适圈"？走出舒适圈之后该去哪儿？

教育学里的"舒适圈理论"是指：

"人长久待在舒服的环境下，会因为生活安逸而不想动脑筋；但若把人带到比较险恶的环境，人经历了挑战和痛苦之后，反而会变得成熟。"

我反复读了好几遍，惊喜地发现，这句话像极了高中语文课文里的"中心思想概括"：武断、极端、牺牲了现实生活的复杂性，且不符合常理——

如果可以一直生活安逸，谁愿意到险恶的环境中去？如果可以一直舒服，为什么要经历痛苦？

与很多读者交流过之后，我试图去解释那种"有福不享"的矛盾态度：

很多人想要逃离舒适区，或许是因为他们最开始的焦虑和紧迫感已经过去，需要新的挑战机遇让自己恢复活力。

身体上没那么辛苦了，但心理上又隐隐不甘心。

一方面享受目前做事得心应手的状态，一方面又对他人的成功感到羡慕，觉得自己也配得上更好的。

身边这样的人太多了。

一个比我大几岁的姐姐回家乡过年时和大家闲聊，她高中有个同学是军医，毕业后分配到某军区疗养院，工作两三年，存了几十万，单位分了房子，一年有几十天带薪休假，一星期只接待不超过十个病人，工作压力并不大。

二十六七岁，生活压力不大，工作体面，大家都十分羡慕，这个军医今年却打算辞职考研，以后去地方医院工作。大家劝他不要想不开，这样的生活哪里去找，但他吐槽自己是劳碌命，太悠闲了没什么干劲儿，想要尝试一下其他领域的工作，重新开始自己的人生。

姐姐想劝他冷静，哪一行都是围城，外面的人看看热闹觉得光鲜有趣，只有身处其中的人才知道个中无奈、忙碌和失落。

但话还没说出口，同学就说自己已经辞职："辞了职才能义无反顾，没有退路。"

不是谁都能像他一样有勇气自绝后路的，如果把舒适圈比喻为海中孤岛，更多的人面对波涛，却迟迟没有纵身一跃的勇气。

这个人跳下去了，之前的经历给了他一些底气，他乘着自己的小船往海岸划去，可什么时候是个头呢？什么时候会找到那一片新的岛屿呢？

没有人知道。或许他自己也不知道。

我另外一个老同学，高中毕业后就去美国读建筑专业，她大学的时候就开始自己赚钱旅行、拍照，留下了很多自己的摄影作品，在自己的朋友圈里也小有名气。

周围的外国朋友结婚、毕业、办派对时总爱让她来帮忙拍照，也时常建议她去做一个专职的独立摄影师。

"我会担心，如果喜欢的事情变成了职业，就会变得可怕起来。"相比起专业对口的不喜欢也不讨厌的工作内容，摄影是真正能够让她兴奋起来的东西，但她在热情面前很冷静：

如果做一个职业摄影师，凭我现在的能力，我能够养活自己吗？

如果我现在投身另外一个领域，我以前读的书、花费的时间和金钱是否浪费了？

如果我真的把摄影变成了自己的工作，我还会喜欢摄影吗？

思来想去，最后她决定还是按部就班地先工作赚钱、考研究生，继续和自己的爱好保持"一定的距离"。

因为现在刚毕业的她，刚刚拿到一份还不错的工作，貌似没有勇气打破花了好几年建立起来的人际关系网和生活学习方式。

她想要再等一等。

他们的纠结或许是大部分人的纠结。

精神上想要更进一步，肉身却被很多实际的东西牵绊住了。

不是每一个人都能够像那个军医一样背水一战。大部分的人面对遥远的梦想时渐渐显得小心谨慎，更多地计算起代价来。

毕竟长到一定的年岁就会发现，大部分人或许不能光靠野心和欲望活着。

真是为难。舒适圈内放不下灵魂，舒适圈外容不下肉身。

到底还有没有另外一种可能性？

或许舒适圈最舒适的部分，不是圈内，也不是圈外，恰恰是两者之间的部分。

你不一定非要逼迫自己走出去，只需要在舒适圈的边缘疯狂地试探，慢慢地将它扩大即可。

找到自己短期和相对长期的目标、找到适合自己的生活和学习节奏（方式），大部分时间在自己已有的领域里深耕，偶尔探出头去看看周围人的进度。

"一边珍惜和精进已有的，偶尔尝尝鲜也不错。"

这是适合大多数人的生存策略，一种相对安全的疯狂方式。只不过两者之间的比例如何调配就需要看自己了。

生活没有绝对的舒适和绝对的不舒适，如何选择并调配好自己"舒适和不舒适"的比重，找到让自己身体忙起来但心可以沉下去的那个平衡点是很重要的。

虽然这一切都有些理想化了，但我依然觉得是可以做到的。

当你知道自己是谁、该去哪里、该做什么的时候，圈里圈外，还重要吗？

大家都想赚钱，
我更想赚眼界

这几天学校举办招聘会，打印店每晚挤满了人，队伍排到了大街上。店员打印出花花绿绿的简历，上面印着高度精修的证件照和条分缕析的个人介绍。一张又一张模版式的简历，把学生的经历都浓缩在了一张纸上，被毕恭毕敬地交给某一个人：

"您好，这是我的简历，希望您给我一次机会。"

招聘会上搭起了各色的折叠帐篷，HR（人力资源顾问）们坐在桌前愁眉紧锁，排着队等待的学生们一个接一个地走进简易的"未来大门"。

门外挂着的是各个公司巨大的宣传牌，不多废话，坦荡地把最有吸引力的条件一一摊开：

"年薪 ×× 万……"

"五险一金……"

我陪着同学左逛右逛，感觉来到了相亲会现场。拿着简历的大学生们仿佛急着把自己嫁出去的剩女（男），反复掂量着手头的筹码，小心翼翼地试探对方的条件。

虽然彼此还不了解，却要匆匆把未来给定下来。

我俩匆匆逃离招聘现场，同学说起一个朋友的故事。朋友是郑州人，还没毕业时就被深圳的一所学校签约下来做老师，年薪虽然并不低，可在深圳那样一个发展迅速、外来人口密集的地方，这样的报酬并不可观，一个女孩子还会面临着"南漂"的孤独和风险。

朋友犹豫了，要不要出去呢？留在郑州依然可以找到好的工作，薪酬不低，生活优渥。反复衡量之后，她觉得留在郑州的"薪价比"更高，可以得到更多的钱，还稳定，有人照顾，于是准备退而求稳。

朋友决定之前问我同学的意见。同学把这件事情转述给了妈妈，本以为是保守派的妈妈却diss（批评）了她们一番："你们年纪轻轻的怎么就这么怕吃苦？出去的机会多难得啊？我支持她去深圳，长长见识，见见世面。年轻时穷点怎么了？"

同学忽然感叹："你说我妈都快五十岁的人了，怎么比我们都有勇气呢？"

的确，上一辈人的世界里多的是揣着几百块钱就到外地去打拼的传奇，他们中纵使有很多人最终没有完成年轻时的梦想，中年时选择安逸稳定，成了年轻人眼里那些得过且过的人，但他们依然在一定的领域里小有成就。他们今天所拥有的一切，绝不是当年退而求其次就换得来的。

相比之下，现在的年轻人仿佛是被金钱驱动着，有时候为了赚钱，失去了眼界。

有钱很重要。有眼界是为了让你知道，怎么赚钱，怎么花钱，怎么把钱花在有意义的地方，世界上有没有比有钱更让自己快乐的事情。

很难说清楚，到底是先有眼界才有钱？还是先有钱再有眼界？但我一直觉得年轻的时候比脱"贫"更重要的是脱"平"，即"脱离平庸"。

平庸是一个贬义词，但平凡不是。平凡是中性词，是一种选择，但平庸可不是一个好词，意味着没有特点。没有特点的结果就是，见到对自己来说稍微有些特别的东西就会轻易被吸引，就像一种没有"重心"的生活，外界稍微煽动一下，就感动得热泪盈眶。

我看《东京一年》的时候被蒋方舟的一句话逗笑了："并不清贫的独身女学生，真是一种最理想的生活了。"

我顺手就发在了朋友圈。有同学在下面笑我："可不是嘛，要钱又要自由。"

这大概真的是贪心吧，但我的确就是一个贪心的人啊。在我存够了人生中的第一桶金时，我就开始计划着要如何花掉，并且花在对我今后的人生更有意义的地方：

一次完整的旅行、一门全新领域的课程、一套之前一直没舍得买的设备，或者一次可以和仰慕的前辈相处沟通的机会……

名牌的包包、鞋子和口红，或是称得上奢侈的化妆品，只会出现在购物链的顶端，甚至不会出现，因为对于现在的我来说，没有这些，也可以活得挺好。

那些告诉你努力赚钱是为了买包、买化妆品，买买买的博主当然不用对你的人生负责，她们只是站在她们的角度阐述或真诚或别有用心的观点。她们说得没错，反正也不用对你的人生负责。可是是否相信，就是你自己的事情了。

女孩子赚钱养活自己，并且把自己养得骄傲又美好，的确是特别棒的事情。

可是生活真的是一款包、一支口红就能治愈的吗？

当你对"不要在出租屋里哭，不要在地铁上哭，不要在便利店里吃着便当哭，要去纽约、巴黎、东京、米兰哭，要拎着大包小包的名牌购物袋哭"深信不疑的时候，你有没有想过：到底是什么让我哭，我可不可以不哭？

如果对当代年轻人来说，钱是最好的止疼药。那我们有没有方法直接避开那些本不需要经历的疼痛，并且把钱花在更需要的地方，锦上添花岂不是更好？

"眼界"这件事情是钱堆出来的吗？我看未必。这可不一定是报了欧洲 × 国游，美其名曰"看世界"，不是在什么名人参与的峰会然后正襟危坐，以为自己参与了关乎人类命运的重大命题，也不是站在城市高层的酒店里，看着霓虹灯闪烁的城市，喝着红酒听着爵士乐，以为上流生活不过如此。

和朋友 Neon 聊天，这个姑娘此前在中东做过志愿者，在埃及、约旦、以色列待了一个多月，回来之后整个人瘦了、黑了，但眼睛里有了某种光亮。我很喜欢和她聊天，聊的不仅仅是国外那些珍馐华服，或者昂贵的度假酒店，她可是一个穷到要吃饼干度日的"落魄户"，在难民营里陪着孩子们玩游戏。

我们俩聊天的时候也经常搞不清楚这个牌子的包和那个牌子的有什么区别，我还常常请教她如何画眉毛，她比画了半天说："其实我也不会啦。"然后哈哈大笑。

和这样的人在一起，会觉得自己眼前所见的世界还是太窄，手头就算拿着一个名牌包包，也有些怯意。

我想这就是眼界的不同。眼界不仅仅是"往上看"，还包括"往下看""往外看"和"往里看"。眼界不仅仅是指见过多么高大上的奢华世界，在优渥生活环境中坦然处之，还包含着对苦难的悲悯，对外界的包容和探索，以对自己的清晰的认知。

眼界其实是我们的心界。

我认同蒋方舟的观点，"眼前的苟且"和"诗和远方"是一对虚假的对立，两者其实密不可分，你中有我我中有你。有钱并不能让我们脱离眼前的琐碎日常。钱可以解决很多烦恼，但钱依旧解救不了你。

　　山本耀司在接受访谈时谈了一小会儿"自己"这个词：

　　"自己"这个东西是看不见的。

　　撞上一些别的什么，反弹什么，才会了解"自己"。

　　所以，跟很强的东西、可怕的东西、水平很高的东西相碰撞，然后才知道"自己是什么"，这才是自我。

　　其实成长就如同筑一道墙，是一个始于尘土，逐渐将自己拔高的过程，必须一层一层地积累，一块砖都不落下，才可以稳固而持续地向上建造。

　　二十几岁是一个自我完善和搭建并且查缺补漏的过程，这一面墙纵使朴素些，但只要稳固，就有未来。只不过有的人在墙还有很多大窟窿的时候就急忙去粉刷和装饰。如果有一天这堵墙忽然倒塌，他们是没有挽救能力的。

　　这堵墙其实就是我们自己保护珍视的东西的能力，用以抵御生命中的种种不测。

　　年轻时不要害怕外表的窘迫，更何况大部分情况下这些所谓的落差是臆想出来的，是被外界价值观裹挟之后对自身需求的忘却。

　　没有内核、无聊又胆怯的年轻人，是没有未来的。

给生活加点刺激

去杭州找学姐玩，我顺带去蜂巢剧场又看了一次《恋爱的犀牛》。

一年多前，我在乌镇看过这一部所谓"恋爱圣经"，懵懵懂懂，印象并不深刻。这一次坐的位置相对靠前，也看得更认真。看完之后竟觉得自惭形秽。

犀牛的视力很差，看不清东西，横冲直撞，就如同恋爱中人一样盲目偏执，所以话剧的名字大概是指"恋爱中的人犹如犀牛一样盲目"。

有朋友问我这部剧讲的是什么，我想了想，告诉她："总结起来就是，一个偏执狂备胎男主角一厢情愿地要对女主角好，一个天使面孔婊子心肠的天真女主角忘不了旧爱，死也不接受男主角。"

朋友说："是部喜剧？"

"这难道一听不就是悲剧吗？"

她回："可我怎么觉得那么好笑呢？"

听她这么一说，我忽然也觉得蛮好笑的（虽然我还差点看哭了），大概这部话剧好笑就好笑在到后面谁都没有妥协，没有大团圆，白骗了那么多人的钱和眼泪。

明明（女主角）为什么那么傻啊，有一个对她这么好的男人，但她不要。

马路（男主角）为什么这么傻啊，满大街都是美女，偏偏纠缠一个不爱他的女人。

现实生活中可能像明明这样的人有很多，像马路这样的人却很难找。大概这就是一群普通人愿意掏钱花时间从四面八方赶过来看别人表演爱情壮烈牺牲的原因吧。就像去动物园参观珍稀动物一般，参观一下这样稀有的爱情，谁让这在如今已不多见。

看完过后我就一直在想，为什么我周围人中少有这样谈恋爱的，少有这种"非他不可"的，少有那种说出"忘掉是一般人能做的唯一的事情，可是，我决定不忘掉"的人呢？

这种浪漫的偏执，奋不顾身的英勇，为了一个人一个梦想拼尽全力在所不辞的状态，在很多人身上好像消失了。

很多人年纪轻轻，却懒得去爱了。明明人生刚刚开始，便懒得与梦想抗争了。

或许他们会辩解："这也不怪我啊，这个时代就是这样，大部分人就是这样的。"

时代的气质是个人的选择的总和，每个个体造就了整体的大环境。批评一切的时候，却从不肯从自己开刀，反而觉得自己是受害者。

我妈说我从小就是一个宠辱不惊的人，更确切地说，是对于坏的事情敏感得要死，对于好的事情却没太大反应的人，不太容易感到满足和快乐。她说印象中唯一让我连着兴奋两个星期的事情大概就是学校组织的春游活动。

这个特征一直持续到现在。有挺长一段时间我还有点引以为豪，最近渐渐觉得有点不对劲了。每天各种各样的事情交织出现，有关生活的、学习的、感情的，或者无关紧要的，都商量好似的一齐涌入我的生活，我就像一个接球手，日夜不停地接着外界向我扔来的棒球。

有的打得很好，有的错过了，有的勉勉强强接住了。在这种高效完成任务的状态背后，肌肉的灵活性远超过大脑。我每天关心的不是"我想做什么"和"我开心吗"，而是"事情做完了吗"和"我该怎样更快地做完"。

一个接一个的比赛（纵使这不是我本意），一个接一个的活动邀请（也是碍于同学的情分），一个接着一个的日常麻烦（突如其来）忽然之间向我涌来，还不允许我抛回去。

我不善于拒绝，只好硬着头皮接着，硬着头皮完成，然后再忙下一件事情。虽然这些比赛啊活动啊对我来说是很好的展示机会，让我获了一些奖，贴上一些所谓的标签，但兴奋来得快的东西厌倦来得也快。我越发觉得时光宝贵，宁愿在图书馆泡着或者出去随便逛逛当个没用的浑蛋，也不想只是这样与生活见招拆招，在完成一个又一个任务的过程中忘记了一切的开始。

我有个朋友，前段时间和他视频，他一脸憔悴的样子，问及原因，坦言学生会主席这个头衔让他又喜又忧。每天在与领导和老师的交涉中打转，偶尔还因为一些这样那样的问题四处碰壁，其实自己很想做好一些事情，计划了半年多的活动迟迟办不起来，因为根本没有时间，能把手头的事情完成已经是万幸。

大一的时候他不是这样的。他是一个很朴实、很真诚、很理想主义的单纯的男孩子。纵使他常常觉得自己身不由己，变成一个圆滑世故的人，他也很讨厌这一点。可是他没有办法，谁让环境是这个样子，谁让他已经没有后悔的路了呢？除了扛下去，只能扛下去。

他还是原来的那个他。只不过外在的焦虑和压力暂且掩埋掉了他自己内心的声音。所以他只能先把一个一个锅背完，一杯一杯酒敬完，在四下无人的时候才得以反观内在的炽热之心。

越来越多的年轻人成了精致而美丽的胆小鬼。他们精明，在任何事情面前先动算盘再动心；他们又很懒惰，善于自我安慰，对平庸生活有着适应力。纵使生活已经淡得像一杯水，也懒得去加一把茶叶。

所有的行动是出于外在的压力，但大多是以经验和技巧行事，无关创造和热情，因为内在的欲望是缺失的。

比如爱情，一个追求不到可以换一个追求，失去话剧中的那种偏执了，认为只要得到了爱情就好，有人陪，有性生活，有520的红包就好，不在乎谁是谁的替代品。

比如梦想，一种生活追求不到就退而求其次，没有那种再拼一会儿的偏执，认为只要能安稳生活就好，吃得上饭，买得起贵点的包，可以在亲戚朋友面前有意无意地炫耀一下就好，不在乎自己曾经说过什么蠢话。

这样的人也在前进，只不过"怎样走，走多远"都不出自自己的计划，是在外界压力地驱使下前行的。

做什么事情都是无力的，或者说是被动的，害怕或者说懒得与他人扯上关系，工作也好、生活也好、爱情也好，都是如此。如果将其比喻为一种慢性病的话，那么这种病是极易传染的，特别是在我们这些二十出头的人中感染率极高。

昨天和已经工作一两年的学姐聊天，听她说起每天加班熬夜，说起身体不好，说起工作环境的一些不如意，说起无力刻意经营的感情，我竟然有感同身受的无力。

虽然目前的工作从各方面看都还不错，但她还是感叹："等我再干两年现在的工作，就打算做自己喜欢的事情。"

我真开心她能够这样想，或许以后的日子还不如现在呢，但至少从这个出发点出发的人，对一切事物的热情都是对生活的热情演变而来的，是对明天有期待，是相信永恒的。

《平凡的世界》里有一句话，"对于生活理想，应该像宗教徒对待宗教一样充满虔诚和热情"。

我也一直在问自己为什么越来越偏爱 Lana Del Rey 歌词里的爱情，偏爱《刀锋》里的莱雷，对《恋爱的犀牛》里的两个疯子等有些偏执情感的东西感兴趣。大概是因为那些文学艺术作品里有我没有的品质，我是平庸的胆小鬼，我希望自己可以稍微危险一点。

我们是否已经"习惯于接住包袱"，忘记了内在真正的渴望的事情？是否真的只能做一个如此被动的个体？可不可以尝试着放弃一些消耗我们的事情，远离消耗我们感情或者心力的人？可不可以让这样内耗的生活有那么一点点任性和改变？

在被生活的潮水推涌着向前时保留一些自己的定力，在惯性和麻木中多一些清醒，不要总为了完成别人的任务而把自己奉献出去，然后忘记了自己本来也有对自己发号施令的权利。

"你要坚信，上天会厚待那些勇敢、坚强、多情的人。"

二十岁的年轻人
应该不会懂的道理

"I've missed me, too."

昨晚我和我妈打了一通两个多小时的电话，如果通话时间以小时为单位，多半是因为我遇到了麻烦。

和父母的距离越远，反而觉得更亲近。因为我们位于一个平等的位置，不会过度干预彼此的生活，又因曾以不同的视角打量着同一段重合的生活，因此多了很多可聊的东西。我忽然对孙女士（我妈）的生活产生了遥远的好奇心，这基于对"妈妈"之外的她的另外一个身份的好奇。

孙女士今年四十八岁，几年前在遥远的美国开始了自己的新生活，大部分时间在家过家庭妇女的生活，偶尔去上英语课，和一群戴着头巾的中东同学坐在一间教室里回归学生姿态，念着并不深奥的英语单词，偶尔在电话里听到她与丈夫的交谈片段，感慨我妈在语言学习上真的进步不大，没啥天赋。

但与之形成对比的是她的厨艺，进步速度只能以可怕形容，每次她给我秀出最近做的点心，我都很怀疑自己是否有基因缺陷。与此同时，她以现代女性养育子女的方式饲养着一只叫作 Booby 的松鼠，不试图豢养，也不过于亲近，只是在 Bobby 来临的时候准备相应的食物，并且观察它的变化和情绪。

我偶尔会与她讨论各种问题，从社会事件到感情经历，并且在吐槽男人这方面达成共识，但每次我应对起生活里各种奇形怪状的压力，她都比我更为淡定，甚至会泼我冷水。电话两头常常无法共情，当我在为 gap year 接下来的计划发愁、焦虑，在为自己加入新集体时无法融入和强烈的落差感到失落时，她并不试图去安慰我——

　　"你得接受这个事情。等你读完书回来，去找工作，还比别人大一岁，你还得经受一次心理上的落差。"

　　从某种社会意义上来说，孙女士并不是都市精英，也没有什么特殊的成功人士 title，只是一个逐渐让自己愉快轻松起来的普通妇女，年轻的时候忙于从家庭矛盾中解脱、工作以及对我的独立性培养，并未有过太多幸福、简单的家庭生活体验。

　　如今的她乐于接受所有命运的馈赠，并且在自己的位置上把生活过得有声有色。所以哪怕是日常生活，也有新鲜感和尝试的欲望。

　　相比我妈而言，我的人生才刚开始，可能性和造化都不缺乏，在觉得未来可期的同时，我也觉得惴惴不安，在某些认知上显得自负、缺乏耐心和急于求成。我妈经常和我说的一句话是："这些东西可能你现在二十多岁还不懂，但你不要试图去搞懂它。搞懂了就把自己限制住了。"

　　看多了"二十多岁的年轻人应该懂的道理"之类的文章，甚至自己也曾以"过来人"的姿态写过一些人生建议，她这样一说让我不觉有些羞赧，开始自我反思——有什么是我们这个年纪的人应该懂不了的东西呢？

恰好那段时间在追《了不起的麦瑟尔夫人》第二季，看了五六集后觉得编剧是否更偏爱 Midge 那法式的母亲 Rose，在一部强调女性独立意识的剧中她不论从颜值、姿态、行头还是观念都完全不输给看起来完美无缺的"麦瑟尔夫人"，甚至更胜一筹。

第二季延续了 Joel 出轨之后的鸡毛蒜皮，Midge 和经纪人 Susie 依然筹划着一场场巡演，原本作为局外人的女主角的父母 Rose 与 Abe 忽然"撒糖"，圈粉无数。女儿闹离婚，与丈夫闹别扭，这个看起来不苟言笑的中年"娜拉"忽然要离家出走，留下一张便笺就飞到了法国。

Abe 领着 Midge 去法国找自己"离家出走"的老婆，以为她不过一时赌气，过不了多久就会回家。这个平时生活极其讲究，绝对不允许别人碰自己粉色香皂的妇人这会儿优雅依旧，不过换上了法式的毛呢铅笔裙，抚摸着小狗，窝在沙发上抽着纤细的女士烟。

她居住的小公寓与纽约的大豪宅比起来寒酸逼仄，但她还是摆起了鲜花、红酒，推开小窗，开始了自己新的生活——少女时代的 Rose 曾被送往巴黎学习艺术，这是她学生时代住过的公寓。

这个任性的女人回到了自己的学生时代，那个自由、浪漫、热烈，尚能挥指生活的岁月。

Abe 气愤于妻子的无理取闹，Midge 也对这样的母亲感到诧异，她劝母亲："I've missed you, mama."

Rose 夹着烟喃喃："I've missed me, too."

这一句台词的信息量远胜于字面，不仅是一个女人对过去生活的缅怀，也是一句即将重构新生活的宣言。

　　这让我想到了前段时间读到的一个相似的故事，一个叫作李红袖的作者四十二岁的时候离开职场去留学，经历了一年高强度的学习生活，她觉得自己最大的收获是对"不确定性"的脱敏。

　　她从平凡的日常生活里脱离出来，获得了一段真空时间："我不是谁的老妈，也不是谁的属下，我只需要做好一个学生，回归校园的日子真好啊，到处都是年轻的面孔，我理直气壮地刷学生卡，享受学生折扣，假装自己只有二十岁，这真是极其奢侈的一年。"

　　在生活里浸淫已久，忽然冒出混浊的水面喘口气，晒晒太阳，感觉自己面目一新。但这样"独处的时间，可以从容思考以前无暇细想的问题的时间"在一年之后匆匆收尾。

　　回国之后的李红袖还得立刻面对亏损的股票、鸡毛蒜皮的生活，一切梦幻泡沫般爆炸，生活还得接着建造。

　　这三个女人（女性角色）不断交织着出现于我近期的生活中，启发我对二十年之后的自己有了一些想象。其实她们的故事的结尾都没有多少精彩，也没有什么需要鸣礼花庆贺的人生巅峰时刻。

　　剧中的 Rose 在短暂的出走之后跟着丈夫回到纽约，但夫妻之间彼此和解，感情越发浓烈，她甚至得到了去哥大艺术系旁听的资格。

　　我妈在经历人生起起落落之后回归了家庭生活，并在与一个闪婚男人逐渐深入的交往中感受到了如她制作的雪花酥、蓝莓派一般层次丰富、酸甜可口、属于生活（或者说爱情）的滋味。

　　李红袖回国后依然需要面对账单和日复一日的平常生活，她依旧感谢自己曾被抽离出生活。

　　她们回到了原有的位置，好像和原来还是一样，又好像完全不一样，到底发生了什么，或许只有她们自己知道。

　　四十多岁的女人们估计会有心意相通的感觉，对生活的无常感到默契，但二十多岁的我浮躁焦虑，一脸困惑。

"年轻的时候对于生活策略不需要懂太多，迷茫的时候去尝试即可。"

这些或许都是二十多岁女孩（年轻人）不太能真正理解的东西，包括我所写的这些也不过是一些自以为了解并试图还原的"转译"。

互联网上，有很多同龄人正在"教育"同龄人，很多同龄人正在接受同龄人的"教育"，甚至盲目地相信对方。这是一件有些荒谬的事情。我也是这样一个介于"教育他人"和"被他人教育"夹缝里的人，偶尔会因为遇到一些生活上必然的挫折就灰心丧气，急于找到一个万全的道理——如何才可以让自己的一生有趣、成功、充实。

而这个道理或许就是"不要懂得"，让"未知"填满生命本身是更具有风险的事情，但失去"未知"的生活恰好是死掉的生活。

可能现在我们这个年纪最理想的状态就是接受自己的"不懂"，接受自己的所有"迷茫"和"探索"时的种种困惑。"不懂"其实是一个好的状态，人一旦把自己看得太重要了，就被限制住了。

二十多岁的时候，人就是一个软绵绵的口袋，不往里装东西就永远立不起来。只不过在这样一个特别强调效率和功用的时代，年轻人想要找到那个一辈子适用的"万全之策"，从此过上有用的一生，成功的一生。

　　人没想通的时候，才会想着把东西往自己的口袋里装，一旦得到了所谓的"答案"，就如同添上了扣子或者拉链，汲取的路径变窄，口袋里的东西一成不变。

　　在我开始将写东西作为一种生活任务之后，我学着告诉自己，甚至是强迫自己——

　　要打开那个口袋，让新鲜的东西装进来，除此之外，还得四处寻找新鲜的东西作为补充。我在这个寻找的过程里学会了权衡，也逐渐卸下了面子，放低了姿态。

　　不用去找一个确定的答案，也不用过早地追求人生里肉眼可辨的安稳，如果你不想二十多年后回想起自己的生活，打开记忆口袋的隔层，竟掏不出一封情信，也没有一本属于雪山、森林、大海的相册，甚至没有一本可供缅怀的日记本。

　　望着日复一日的线条，忽然觉得自己的过去乏善可陈。可别让二十年后的自己对"你"无话可说。

　　我们现在所做的每一件事，大概就是为了有一天可以气定神闲地坦然说出那句：

　　"I've missed me, too."

不够漂亮的女孩
都快没资格上网了

"活着太累了，而且挺没希望的。"

日常常常受挫，那就"自闭"一会儿吧，躲在被子里刷刷手机，打开微博，打开朋友圈，看到同龄的小姐姐们都像仙女一样，精致的妆容、黄金比例的身材，举手投足都是时尚杂志做派，再看看自己，既没钱又没才华还不够漂亮。

唉！关上手机，别提有多挫败了。

昨天我和朋友聊天，她给我发来一条"负能量微博"，我打开看了看，想象着那个女孩的心理状态，就像开头写的那样。

"财富、美貌、才华，一样没占着。微博上好多漂亮的小姐姐，身边也有很多校花级的同学，生来有得天独厚的美貌，惹人羡慕。发现自己很平凡之后想变美，仔细研究了护肤、化妆、整容，前前后后花了很多钱，全是自己兼职赚的，花呗的欠款刚还完，又要接着赚钱买护肤品……可怕的是花了那么多钱，别人也没看出来你贵在哪里。"

我很认真地看完了这个姑娘的"抱怨"，理解她、心疼她，也佩服她。

很真实，有的人出生在罗马，有的人生而自带滤镜般的精致美颜，哪怕坠入了凡俗，还是比普通姑娘好看一大截。

我想起有一次和一个我认为已经很漂亮的女孩在上海街头闲

逛，她一边刷朋友圈一边感叹："为什么现在的女孩每一个都那么漂亮，漂亮得无懈可击！"

漂亮的女孩都去上网了，不漂亮的，或者没有那么漂亮的女孩，都不太敢发照片了。

是的，随便刷刷微博关注几个网红，都很美。照片真的无懈可击——完美的身材、完美的脸蛋、白皙的肤色、纤细的手指，连睫毛的弧度都像是被精确计算过的。

她们每天拎着高级手袋、身着品牌服装、桌上摆着价值四位数起的化妆品、打卡各种昂贵的网红店、出入各种穷学生望而却步的高级消费场所，还有一个忠犬又舍得花钱的男朋友，过着好像不用很努力就可以拥有一切的生活。

被夸赞、被宠爱、被表白以及被很多人羡慕。

我在某活动上见过一个拥有百万粉丝的网红女孩。

说实话她是很漂亮，会打扮，身材匀称、瘦削，脸蛋精致，长着大大的眼睛和丰润的嘴唇，有点性感的可爱，让人看了一眼还想多看几眼的那种好看。

偶尔闲聊几句，我得知网红是上海人，本来家境优渥，自己也在做着服装生意，只比我大两岁，但每个月收入应该是我的……八到十倍甚至更多。

聊了几句之后，我发现网红小姐姐其实人很不错，热情、开朗，真实不傲慢。听说我们另外一群人是做自由撰稿人的，她漂亮的大眼睛忽闪了一下："哇，好厉害啊，好佩服！你们才是真正的内容工作者，而我是图片工作者，哈哈哈……"

当然，她对自己的工作也很坦然：现在的粉丝喜欢为"好看"

买单，我们就要负责"好看"。

对她来说，"美"就是工作，就是一种职业道德。

但这样的生活并没有想象中光鲜，某平台上杠精很多，她发一个全身自拍，偏偏有人留言："我看你的袜子脚趾那里要破了！哈哈哈哈！""能怎么办呢，不回复啊。"她显然也很习惯了，"我从来就不回复私信，有很多人夸我也有一些人骂我，我都不看。"

那天我们聊得开心了，她还和我爆了很多"黑料"："你看××平台上推荐的什么美白产品，什么去颈纹霜，全是骗人的啦。"

我说不是有对比图吗？

"美颜相机修的啦！我说了我是图片工作者，我看得出来。"

网红小姐姐已经很漂亮了，但她还是抱着刚拍的照片修了好半天，不放过每一个细节，要保证颜值维持在一定的水平，如果最近稍微胖了点，也得修成最完美精致的比例。

网上的漂亮女孩没比不漂亮的女孩少焦虑多少。

前段时间重看许知远采访俞飞鸿的视频，中年男人面对女神，也不偏执地追问人生意义了，语气温柔，竟带着宠溺和好奇："你从什么时候开始发现自己是美的？"

俞飞鸿回答，从发现一些人对待自己和别的女孩态度不一样的时候。

漂亮的女孩受到区别对待，她们知道自己漂亮了；不漂亮的女孩受到区别对待，她们知道自己不够漂亮了

这些"区别"，或许是照相时站在第一排和最后一排的区别，或许是在和异性交谈时的表情恭维或冷漠，或许是上司是否给出的机会，或许是丈夫的薪资，或许是男朋友面对吵架时的态度，甚至是专柜小姐偶尔流露出的艳羡或傲慢的神情。

这些"区别"会让她们把自己划分在一个领域，彼此之间越来越远，或许就会得出"因为不够好看所以诸事不顺，以至于人

生失败"的逻辑，是不是变得漂亮了，就会被很多人喜欢，然后拥有幸福快乐的人生？

可变"漂亮"的路，就像黄金铺成的独木桥，太贵又太窄了。市面上太多的护肤品、整容广告，都在告诉女孩，这样才算美的，付出的钞票都会变成胶原蛋白回到你脸上。

"GQ 报道"曾经采访过削骨医生张笑天，张医生说来找他的求美者有很多，但他只接受那些"知道自己要什么的人"。为了让自己拥有"巴掌脸"而来的女孩数不胜数，她们忍着可能有瘫痪风险的疼进行手术，也要变成她们觉得"美"的样子。

很多美容医疗机构把这些求美的女孩称为"顾客"——你给我钱，我给你美。

但张笑天称她们为"患者"——要做手术，还没病吗？

"大部分的患者有心结。"张医生说，来找他的很多女孩，因为自己脸型不好看而自卑，照片靠 PS（修图），不敢见人，不敢恋爱，害怕被周围人嘲笑，甚至因此患上抑郁症，差点自杀。

可让人无奈的是，美的标准一直在变。张医生说十年前很多人带着范冰冰的照片来面诊，五年前，照片上的人变成了 Angelababy，偶尔是杨幂，这几年赵丽颖的最多。

他自己也觉得好笑："谁火就整成谁，这种求美者一味盲从，缺乏自我认知。我肯定是不给做手术的。"

在他的医院里，做双眼皮需要六千元，做下颌骨五万起，来这里求美的人不都是家里有钱的中产阶层，还有很多是收入不高，但是愿意贷款的年轻女孩。有很多面对医美群体的贷款公司开出条件："二十二岁以上，有固定工作的，信誉度尚可，贷个十万没什么问题，然后分期慢慢还吧。"

为了美，付出漫长的时间还贷，或许她们自己也不知道要多久才能把这笔钱还完，但矢志不渝地相信：

只要我变美了，这一切都会好起来的。

"丑＋穷"，是当代女孩不能接受的人生 bug（漏洞）。

除了一部分有钱的人可以支撑自己改变之外，大部分的人还处在既不满意自己的长相，又暂时无法改变的困扰里。

或许我们需要整的不仅仅是长相，还有审美观。或许越来越多的人承认了"消费降级"，是不是也该稍微"审美降级"一下呢？

不再用一些莫须有的标准苛责自己，并且把自己生活里大部分的失意时刻与"外貌"结合在一起。五十一岁的周慧敏好美，美得像少女一样，但我们一定要为了让自己看起来像周慧敏而疯狂地折腾自己吗？

少女是美，但不是美的唯一标准。美不美？你得先建立自己的标准。

有太多因为觉得自己不够漂亮而被拖累、会前路坎坷、人生失败的女孩。

接受自己本来的样子，是所有改变的开始。要逃避，也不要失落，先接受自己的所有，把自己放在一个很低的位置，再从自己本来的基础上一点一点地去改善，去变好，慢慢地开出花来。

用我一个对"科学变美"很有研究的朋友的话来说："要把自

己的生活和明星、网红的生活分开来看。大家根本不是一个次元的。在现实生活里，绝对是能力比多出来的那点美貌更重要。

"空有美貌并想借此晋级，只会在生活里处处碰壁，哪怕尝到甜头，也不过是短暂的错觉。"

你需要做的，是在有落差的时候，不看朋友圈，不刷微博，关上手机。专心面对你的那一张课桌、一套试卷、一份考研试题、一张工作报表、一份 PPT（幻灯片）、一份计划书、一份文字稿，认真地做好你该做的事情，毕竟在社交网络之外，能力比美貌更有说服力。

因为真实世界里是没有美颜滤镜的。

亲爱的，
先过好自己的生活

2 0 1 8
04.08

　　远在海淀区的朋友说了一件又好气又好笑的事情，他租了一个单间，隔壁是一对刚毕业两年的小情侣。昨晚上一点多的时候墙那边"哐哐"响，朋友还纳闷呢，真是会玩啊！怎么动静那么大？过了一会儿，女生歇斯底里的声音透过墙传来："有本事你就出去住啊！"

　　接着又是"哐哐哐"的声音，估计是桌子被掀到地上了。

　　朋友意识到：呵，吵架了。小情侣嘛，床头吵架床尾和。

　　还是"哐哐哐"，他翻来覆去，被吵得睡不着，想起身敲敲隔壁的门让他们小点声。

　　一开门恰好撞见隔壁男生真的披着外套拎了个包出门去了，而那个女生披头散发地把门一关，又是"哐"的一声巨响。

　　亏我朋友脾气好，作为一只单身狗，也没多说什么。也就是第二天和我吐槽吐槽，他先义愤填膺地数落那对情侣平时撒下的成吨"狗粮"，又翻了一个白眼：

　　"现在的年轻人是有多想不开，干吗那么早就同居，结了婚往后几十年呢，有的是时间。"

　　我觉得他的语气酸极了。

　　他接着说："凭我的观察，那两个人貌似都没什么生活经验。"

　　"好歹都是大学生了吧，但平时厨房里常常弄得乱七八糟，公共的卫生间里的洗浴用品也放得到处都是，天天点外卖就算了，吃完不知道用垃圾袋装好放在大门口，反而放在过道里，还都是我顺手帮忙丢出去的……"

我被他说得一愣一愣的，边听边偷偷一条一条地自我反思，害怕自己哪里也做得不好，给我的室友们（住隔壁的两户）添了堵。

这个朋友本科、研究生都是在北京读的，大三的时候因为自己有爱好（帮拍别人拍片）就搬出来自己住，从一个只知道向家里伸手要钱的"毛小子"变成了如今这个会做菜又会收拾房间，脾气好又努力工作的好青年。

末了他长辈般嘱咐一句："独居的时候要抓紧时间学会自己过生活。一个人的日子都过不好，将来怎么过好两个人的？"

我"嗯嗯嗯"地直点头。

想来他说得挺对。来北京的两个多月里，独居的生活也给我上了一课。发现原来自以为早就具备的"独立""抗压""成熟""冷静"等品质，这会儿都摇摇欲坠。

前几天才付完这个月的房租，我看了看银行卡，心中默默松了口气。每天除了关心自己的工作任务是否完成，关心公众号的文章阅读量稳不稳定，关心自己的论文还要如何修改，还需要见缝插针地关心一下冰箱里的食材有没有过期，家里最近的情况，关心一下稿费到账了吗，下个月房租什么时候交。

在大学里，一个人吃了几天饭就觉得自己克服了孤独，连续早起了三天就以为自己做到了自律，在图书馆泡了几天，看了几本书就觉得自己勤奋努力。

那时候我们所说的"穷"指的是买不起想买的化妆品和衣服；

"挫败感"来自刚写好的策划案被社团里的部长批评；

"孤独"意味着没有人陪自己吃饭、看电影；

"迷茫"反映在不知道考研还是工作，是不是要转专业上。

……

那时候的我们因为一些小事就被自己感动得热泪盈眶，心比天高，只会用夸张的词语来形容自己的"苦难"，也只舍得用同样绚丽的词语来描摹未来。

如今回想，大学真的是一座异常精致的象牙塔啊，为我们显现了生活本来的样子，却只是一次新手级别的仿真模拟：我们拿着生活费，拿着笔和课本，以为坐在教室里回答一张又一张的答卷，康庄大道自然铺开，前程机遇纷至沓来。

若不是因为这几个月的独居生活，我断不能迅速地撕开糖衣发现危机。

独居生活，是在挑战和击碎自己大学里建立起来的习惯和认知，是让自己成为一个真正的"社会人"，把目光从过去宏大缥缈的远方收回到前进的方向，甚至俯下身去，耕耘有点烦闷的当下。

大三的时候被伍尔夫的《一间自己的房间》蛊惑：

"A woman must have money and a room of her own if she is to write fiction."

"女人若想写小说，必须有钱，再有一间自己的房间。"

我不一定写小说，但觉得生活应该如同一篇轻盈而意味深长的小说，于是许下过可爱的愿望：一定要在同居（婚姻）之前过一段独居的生活。

很多人对"同居"的理解太肤浅了，每次都心照不宣地暧昧一笑，其实说真的，与恋人同居真的不仅仅是一起做关于爱的事情，与朋友同居真的不仅仅是一起聊天煮火锅。生活不仅仅在床上、在锅里，生活首先该在自己的脑子和心里。我们选择与他人生活在一起，其实都是为了彼此减轻负担，增添快乐，也为了更好地实现自己的价值。

　　若连自己的生活都处理不好，这样的同居并不能带来轻松愉快的爱，反而会无端生出一种微妙而让人为难的负累。大人不是只做"大事"就行了，相反，大人的生活里，多数是生活小事。

　　很多人说单身是最好的增值期，其实我觉得独居才是。就好像成年人的晚自习：没有人管你，但你要自己去管自己。没有人再催着你交作业、写练习题，没有人催你按时吃饭、睡觉，没有人告诉你头发该洗了、衣服该换了、地该拖了，没有人告诉你你已经看了一天的剧了，没有人告诉你工作还没做完、论文还没改完。

　　同样，也没有人时时刻刻陪伴着你，让你远离孤寂。你就得主动也好被动也罢，要学会自己架起这些细碎的所有，分门别类地规整好，把自己每一天、每个小时都梳理得干干净净。

　　你自己对自己的态度，才会成就你自己。以前在知乎期刊上看到过一段令我印象深刻的话：

　　"外界的生活如同潮水，你露出潮水的上半身西装革履，而你潮水之下穿了什么、穿了没有，却只是你和你的房间才知晓的秘密。"

　　你会学会如何在一个人的时候也过得满足和愉快：变着花样做可口的饭菜，换漂亮舒适的床单，偶尔购买鲜花和新衣服，为自己冲咖啡、切水果，拉开窗帘欣赏自己的日升日落，关上灯一个人在音乐声里思索。

　　这些小小的细节，都是为自己做的。你会在这个过程中逐渐认识寂寞，和孤独平起平坐，不被它牵着走，也没有那种虚妄的自以为是。你会逐渐认识自己，与自我安静地相处，思路的针脚日渐紧密，越发扎实有力。

过去对生活模糊的理解至此变得清晰，细化在一个又一个具体的事物上，你会变得更加有耐心，更加踏实，更加自律和笃定。

年轻时争取尝试一段独居的日子吧，你会受用终身。你会在这段日子里找到一个让自己感到舒服的"自己"。

不如把自己准备好了，再和心上人一同踏入生活的玫瑰色潮汐中去。

被围观的努力最辛苦

每个人都有自己特殊的"爹毛时刻"。

我很不喜欢别人在我写稿子的时候在旁边刻意偷瞄，哪怕是明着旁观（并非我允许的情况下），我都会浑身不自在。

出差时如果乘坐高铁、动车、飞机，我会随身带电脑码字，并会选择靠窗的位置。不是我想看风景，而是那样会少一个"旁观者"。

纵使我已经尽可能地蜷缩在角落里不打扰任何人了，甚至让笔记本屏幕和键盘呈现出一个小于九十度的角，可还是会遇到那种无聊的邻座，非要放低座椅靠背来看看我在写什么，看一眼不够，还要再看。

于是我没忍住，恶狠狠地瞪了对方一眼。

不知道为什么，在这方面我很在意，觉得自己的"安全领域"被侵犯，创作过程被旁观，简直如同裸奔般羞耻。虽然是陌生人，与我也就是擦肩而过的关系，彼此职业相差甚远，可我依然感到难受，余光感到被"围观"的时候会下意识地合上电脑。

这是大学时在图书馆写稿子时落下的后遗症。

说起来好笑，那时候课后无聊，在"简书"上写东西，还开了公众号，每天更新，吭哧吭哧地找选题，写稿子、排版、看留言，埋头在电脑前写作。身边的人都不知道我在写东西，我也从来不提，就连看留言，回复评论，也是在和朋友看电影、买奶茶的间隙偷偷操作，有时还得把手机藏过去，怕别人看见。

可我还是被发现了。

当时班上一个朋友恰好也玩起了简书，不知怎么看到了我的文章，还主动私信我："哇，没想到在首页看到你了！"

不仅如此，有次我在自习室赶稿子，她忽然从后面拍了拍我："又在写稿啊，这么勤奋？"

甚至在新媒体课上，当老师说起自媒体，她心直口快，指着后面的我："她自己在做公众号。"

我明白，她所有的兴奋是无心的肯定，但在我心里像遭到一连串暴击。我知道她没有恶意，她至今也是我很好的朋友，但那一刻，我那种被夸的开心和秘密被发现时的耻辱感交织在了一起。

我一直偷偷在做的事情被人发现了。虽然在别人看来我做得好，但"一直努力默默积累着"的事情被发现了，那种失落感也很清晰。

武陵人闯入了桃花源，大声赞叹你们的家太美了，我要帮你们把这里打造为 5A 级景区！

于是有越来越多的人知道了这个地方，我默默耕耘着的那一片天地开始被大家共享，于是我变成了一个名义上的主人。

我有个朋友业余时间用来画画，他的本职是程序员，每日人前敲代码，背过身去悄悄拿起素描笔在纸上涂涂画画。他有天赋，画什么像什么，没怎么学过，但笔触很稳，最开始只是模仿着画，到后来风格自成一派。

他信任我，所以时不时和我分享最新的速写，我说"你画画这么厉害有没有女孩喜欢你啊"，他说连室友都不知道他还会画这个，也不想让他们知道。

"要做得很好才敢被人知道，不然我会羞愧万分的。"他说。

有的人对于自己的世界有一种天生的守护感，或者说，将对自己的执念伪装成谦逊。

我说我懂，我们都是脸皮薄，害怕嚷嚷的人，喜欢默默、安静地做一些事情，生怕别人发现了，徒增许多不必要的压力。

等到有一天真的做得还不错了，拿到了一个满意的结果，我们才好意思承认："嗯，是我做的，做成了。"

比起最开始大张旗鼓，结束语才是真正掷地有声。

说回做公众号那件事吧。

我的"桃花源"后来变成了一个旅游度假胜地，有很多陌生人常常光临，来这里休憩或者暂时逃避嘈杂单调的细碎生活。靠着贩卖风景和温情，我的生活的确越来越好，但有时候也会望着人潮感到恍惚，也觉得心为形役。

我依然在写自己的公众号，这一路走来也在缓慢爬坡，但我觉得比起最开始的时候更累了（我并没有抱怨的意思），因为我需要承担很多旁观的目光，把自己暴露在外的代价就是，听到掌声的同时也得扛下所有的期待、不看好和未知的种种变故。

我所有的进步和退步、成功和失败都被挂出来，公开显示得明明白白。

一直在这样的追光灯下前行，为了不辜负那些期待，也不想让那些风凉话一语成谶。

毕竟我连"悄悄把尾巴藏起来"的资格都没有，我的羽毛一直暴露在众人的目光下，我得比别人更珍惜。

但我还是很怀念最开始一个人坐在图书馆里写文章的日子，

不知道各种数据和我有什么关系的日子。

被围观的努力很辛苦。喜欢的事情、私密的计划忽然被发现，我们很难不去在意别人的期待和眼光，很难不去把那些夸赞背在自己身上，把那些"万一会失败"的风险一并担在肩上。

悄悄地做一件事情，并且把它做成了，真的很爽。

不知道是不是每个人到了一定年龄都会自动进化到一种相对"沉稳"的性格，选择一种"默默的"生活方式。

我们已经过渡到了一个做事不为取悦他人的阶段，我们只想要自己开心。再也不会一开始就夸下海口，而是顺水推舟般慢慢汇成强大的力量，然后直接给自己一个惊喜。

成年之后的"炫耀"，是百分之百的完成度。

因为任何过程中的艰苦心酸夹杂着甜，细小的快乐转而又被失落打倒，那种来来回回的反复无常，真的只有自己才体会得出个中滋味。

旁观者看不到你内心的那团火，他们只看得到烟，索性就等尘埃落定的时候再分享燃烧过后的印记：

"你看啊，真的完成了哦。"

最百分之百值得被炫耀的事情，就是这件事情被百分之百地完成了。

沉下心去做你想做的事情吧，等到加载完成那一瞬间再小小地炫耀一下。

特别酷。

分手后，
人人都需要一次 gap year

电影《蓝莓之夜》里，爱吃蓝莓派的女孩伊丽莎白在遭遇男友劈腿之后结束了五年的感情，失恋后的她展开了一场横跨美国的旅行：纽约、孟菲斯、拉斯维加斯、内华达。每到一个地方，她会在当地的餐厅品尝不同风味的蓝莓派，邂逅各种各样的人。

一场心碎的自愈之旅在纽约结束，她决定重新开始自己的生活，而杰里米，一个暗慕伊丽莎白已久的蛋糕店老板，吻走了她唇边的奶油，也试图向她请教下半生。

伊丽莎白的这场旅行有点像西方青年常常选择的 gap year，一般指的是年轻人在毕业后工作前进行的一次长途旅行，多发生在二十一到二十三岁。

这次旅行让他们从课堂上脱离出来，在步入社会之前体验不同的生活方式。其目的侧重于"寻找精神家园"或者"认识自我"。

我特别喜欢 gap year 这个概念：在真正与世界交手之前，先花时间探寻一下这个世界究竟是什么样的，我该是什么样的？

在爱情里其实也是如此，很多恋爱失败的原因不在于弄丢对方，而在于弄丢自己。就像《过期少女致幻录》里的一句歌词：不失恋怎么知道自己是谁。

我身边的三个年轻人，正在爱情里尝试着各自的 gap year：在一段感情结束之后没有急于投入下一个人的怀抱，而是给自己一段时间和自己相处，通过时间进行自我愈疗和成长。

✦

　　我的高中同学大宇今年二十二岁，还在读研究生，业余爱好是写推理小说和玩悠悠球，他还喜欢唱歌，声音像林志炫。

　　大宇的作品入选了 2017 年的《中国悬疑小说精选》，他把这本书作为礼物送给了我。我点着夜灯花了半个多小时读完他的作品，唏嘘于冷静严谨的人，却常常在感情上找不到线索。

　　他和女朋友分手一年多了，因为性格不合适。分手那天他还在实习期，趁着休假，一个人坐火车从长沙到广州，找当地的高中同学打了几盘桌游，又吃了几顿大餐，这样的消费，平时他是舍不得的。

　　在一起的时候习惯于照顾女朋友，这会儿分开了，大宇觉得精神上的依靠一下子没了，时常也会为了排遣孤独到处找人玩、找事情做。

　　分手之后，他没找新的女朋友，而是花了差不多半年时间去习惯一个人的生活状态——一个人吃饭、看电影、泡图书馆，慢慢步入正轨，重新开始和以前一样的学习、实习、赶稿的生活。

　　说不清是青涩的棱角被孤独抚摩平整，还是孤独这疙瘩推着他对生活精打细算，总之，如今的他看起来状态不错，刚考完研，顺利的话就继续读书，未来的计划其实并没有太多调整，除了不用再多考虑一个人以外。

　　他说："前任就像是小时候珍爱的玩具，在一段时间内，她就是我的全部。有一天我不小心把她弄丢了，怎么都找不到了，我大哭大闹，难过了好长一段时间。可是过了很久很久，我渐渐忘记了玩具的存在，继续认真地生活。

　　"直到某一天，无意中在某个角落找到了她，但我并不会因为失而复得而欣喜若狂，想到她的时候，只是会心一笑，然后把她放回角落，仅此而已。"

大宇在爱情 gap year 里的收获是：如何把一个爱过的人放在妥帖的位置，就像在推理小说里设置一个仿佛很重要，却与结局无关的配角。

舟舟是我妈闺密的儿子，比我小四岁，今年读大一。

在我的"栽培"下，他精通各种女孩子才喜欢玩的游戏，我一直以为这样脾气温和、颜值尚可（这样说是为了不让他膨胀）的小伙子应该很懂得怎样和女孩子相处，没想到初恋就败北了。

今年见面的时候，舟舟在日料店打工，穿着宽大的日式料理店员工制服正在洗碗。他长高了、瘦了，成熟了许多，不再是记忆里那个傻小子了。

他的女朋友我见过，当然只是在手机相册里，霸道又可爱的小萌妹子，是他的高中同学，还没毕业就在一起了，保密工作一直做得很好，以至于舟舟妈至今还搞不清楚他到底谈没谈恋爱，然而已经分手了。

和很多初恋小情侣一样，他们的分开源于矛盾慢慢地积累、发酵——无尽的争吵、分手又重归于好，所有对爱情的想象在过于频繁的矛盾中消磨殆尽。

嘴笨而不善于表达的男孩碰上了总喜欢讨个说法且没有安全感的女孩，结果总是不欢而散。

刚分开时舟舟其实不舍得，刚好女友家中出了意外，而他是属于那种特别恋旧的人，碰上女朋友又对分手感到后悔："我就又回去陪了她一段时间，但过了一段时间以后发现矛盾还是存在。

我想通了这不是我想要的生活，我想要自由，不喜欢没有自己的私人空间。"

于是两人就真正分开了。

舟舟说："我也觉得自己特别幼稚，处理事情和与别人交流太不成熟。总是容易把事情搞砸，还是感觉自己的阅历和经历太少。在那段时间她又想复合，我直接拒绝了，我认为性格不合，如果再拖着对自己和对方都不好。"

分开后的一段时间里，他感觉很自卑，对下一段恋爱毫无信心，现在他只想开始新的生活，学习视频拍摄和剪辑："我得先让自己成熟和自信起来，以后如果遇到适合自己的再顺其自然吧。"

舟舟在爱情的 gap year 里充满了纠结，他学到的大概是：重蹈覆辙并不是修正爱情的好方法。爱情没有错，错在我们各自太不成熟，都不懂得与自己相处的人，怎么好好爱别人？

水稻姑娘是我的读者，二十一岁的时候和认识九年的男朋友分手了。

这段初恋持续了五年，从高一到大三，差不多占她生命的四分之一，如果一个人的爱是有限的，她在这个人身上花掉的远远不止四分之一。

分手之后，水稻其实不太习惯，太久没有单身，几乎不知道该如何一个人生活。

以前无论发生什么事身边总有一个肩膀，现在身旁空无一人；以前事无巨细都爱和他分享，现在拿起手机竟然不知道干吗了；去散步的时候，发现所到之处全是和他的回忆，哪怕买一份午餐，也还无意中点了他爱的口味。

　　当我们爱上一个人，会不自觉地把对方融进生命，当我们分开，可能要花费更长的时间去把对方从自己的生命里剔除。

　　2018年的情人节是水稻成年以来第一个独自度过的情人节，她觉得有点孤单："他很优秀，可能这辈子都不会遇到对我这么好的人了。"

　　但她并不后悔："我不想凑合着去延续一份爱情，既然不爱了就别耽误彼此，双方都趁早为以后做打算。"

　　我很佩服她的冷静。

　　她说，现在最想做的事是把所有的心思都花在自己身上："假期打算在家多陪伴一下家人，练习好厨艺，多阅读一些书，梳理在这段感情中出现的问题以及经验教训。回学校打算把重心放在考研上，并且一直保持阅读和跑步的习惯，还打算从原生家庭的角度入手解决在这段感情中自己存在的一些问题……

　　"不确定自己多久以后才能够完全走出来，但不后悔。期待自己和他都朝着更好的地方发展，不做恋人了，我也默默为他祝福。"

　　水稻的爱情gap year才刚开始，她或许需要面对一些痛苦和折磨，不过我相信她可以处理得很好。

　　在失恋时还会冷静做出决定的人并不是冷漠，而是已经想通了自己的境况，不会做无谓的挣扎。

　　我希望每一段感情都能稳固而长久，但如果某天你不幸分手，不如给自己来一场爱情里的gap year。花点时间好好做些你长久以来想做又不敢做、想做又没时间做的事情。花点时间好好了解你自己，不要为失去而难过，未来才是值得期待的，哪怕爱错几个人，人生这张考卷也是可以打高分的。

蔡康永说："恋爱的纪念物，从来就不是那些你送给我的手表和项链，甚至也不是那些甜蜜的短信和合照，恋爱最珍贵的纪念物，是你留在我身上，如同河川留给大地的，那些你对我造成的改变。"

失去的永远不是最珍贵的，最珍贵的部分是他们给你的改变以及成全了往后更多的可能。分手之后的那场感情上的 gap year，才让你知道自己是谁，要去成为谁。

前任是一所学校，你总要毕业的。

Part 3

各选所爱，
自负盈亏

时常鼓励自己去理解和接受更复杂的东西的确很难，
不能因为懒惰和困难就放弃对内心世界更细腻的探索。
希望我们都可以成为更勇敢和美好的人。

人生价值排序：

把「自己」排在第一位的人自私吗？

一个女人怎样才算是活得很"通透"？

微博里大家筛选出了一个答案：papi 酱在某综艺节目里吃饭的时候无意提到了一个"人生价值排序"，对她而言最重要的依次为：自己、伴侣、父母和孩子。

都说"自己是陪伴自己最多的人"。毕竟人生中没有被"放在第一位"的时刻太多了。

和读者交流这个问题，我发现一个很有意思的情况，那些选择把自己排在第一位的人，或许都有过不曾被排在第一位的经历。而那些从小受到爱与包容的人，往往不会显得那么"自私"。

《狗十三》里从小被教育要懂事的李玩让我想起了被牺牲和搁置的童年，《都挺好》里热议的原生家庭又让人被重男轻女的家庭带来的捆绑恐吓住了。

受过背叛和委屈的人一定更知道"把自己放在第一位"的可贵，那是自我保护的最好方式。

都说爱自己是终身浪漫的开始，但我们把"自己"排在第一位就可以解决那份不安吗？

我不知道，所以我把这个问题拿去和妈妈还有外婆讨论。

我和妈妈聊这个问题的时候是在喧闹的咖啡馆，那是她回美国的前一天，我们坐在一个靠墙的位置。我妈从不把我当小孩子，总是会把我们生活里最锋利和残酷的一面拿出来与我冷静讨论。

她用过来人的经历告诉我，她会把自己放在第一位，出于私心，孩子或许会比父母靠前，但伴侣是在第四位的。末了她又补充道："这是一个无法定义的事情，还需要看情况说明。"

生活告诉她应该更自私地活着，但她依然没有践行这样的结论。她把自己放在第一位，是因为当她有自己的生活时，就不会过度从儿女处索求。

孙女士是一个强调人格独立的人，这样的理性肯定建立在多次的崩溃和坍塌之后。她受过很多委屈，但她依然鼓励我做一个无畏的人，去追求所有自己想追求的东西。不曾给我太多世俗意义上的期待："我只希望你是个阳光快乐的女孩。"

我妈飞回美国的那个早上，我又拿着这个问题询问了我的外婆。

老太太已经八十多岁了，精神矍铄，看到我那么认真的样子也不自觉把手搭在膝盖上，挺直腰板等待我的询问。

当我把一个在互联网上被热议的话题抛给她时，外婆托着下巴思索了好一阵，两手一摊，摇摇头："我想不出来。我觉得爱人（我外公）很重要，孩子很重要，父母也很重要。都一样重要。"

"那你自己呢？"我问她。

"我觉得我自己没有那么重要。"外婆一辈子风风火火，不会扯谎。

"但如果你放在第一位的人没有把你放在第一位，你可以接受吗？"我没有带入具体的主语，我猜这是一个有些残酷而尖锐的问题，于是试探地问了。

外婆愣了一会儿说："可以啊，因为我很爱他们。他们也会有自己的生活。我只会担心他们过得好不好。"末了她补充道，"你妈妈、舅舅和姨妈对我已经很好了。我觉得很满足。"

可是那天我在外婆家吃完饭准备走的时候，她的眼眶又红了，喃喃自语："这个家里又空了，只有我一个人了。"

我又问了朋友这个问题，他说这是一个无法回答的问题。

最开始我觉得这个答案是一种托词，后来想想，我那么急着要一个答案可能真的蛮无聊的。

可以快速回答和排序的事情，一定是我们并不在乎或者不太当真的。

把"自己"排在第一位是一件多么简单的事情，难的是"是否可以接受他人并不把自己排在第一位"以及我们如何才能不因为自身的性格缺陷让他人陷入痛苦。

自私是会传染的，一个人如果生活在过多的索取中，被索取的人也会变得贪婪可憎。

和"我不要任何人牵绊我"一样重要的是"我也不能牵绊任何人"。

这篇文章我搁置了很久，因为我发现我给不出答案和所以然，只能告诉大家，有一些价值观的排序和索求是没有必要的。

想起这段时间断断续续地看庆山的新书《夏摩山谷》，只看到四分之一，但其中有些对话让我好像明白了一些什么，作者借女主与一个陌生男人的对话探讨人与人之间的情爱关系，或者说是人与人之间的关系——

"如果现在的女人自力更生，已能够给自己提供食物，也可以照顾和保护后代，或者甚至觉得没有后代也没有什么关系，那么男女相会还会剩下什么？"

男人回答女主人公：

"应该注重能够给彼此的启发、喜悦和提升。人不可能脱离关系，我们只有在关系中才能对照到自己的存在。不管是什么样的关系，有对方就有自己。人不能独自生存，需要给予和接受的平衡。"

这让我有时候产生困惑和怀疑，我们生活在一个被鼓励着要靠自己解决一切问题的世界里，女孩变得很强很美之后呢？世界如果只属于很美很强的"我"之后，不会有更深更强烈的孤独感吗？

我们追求独立，追求成功和自我，这一点错误都没有，但变得更强更好之后，应该给予他人更多的爱。

最好的关系是相互的牵而不绊。就像我外婆对我妈妈的那种，和我妈妈对我的那种：

爱自己是终身浪漫的开始，独身一人无可分享并不浪漫。

我爱你，和我是否"把自己放在第一位"无关。

写在文末

和大家分享一句最近的所得，这是前段时间与一位女性前辈交谈时的所得，也是在一段关系里学会的道理：

"不要去分辨黑白，要去感知和识别黑白之间的灰以及灰与灰之间的不同。"

时常鼓励自己去理解和接受更复杂的东西的确很难，不能因为懒惰和困难就放弃对内心世界更细腻的探索。

希望我们都可以成为更勇敢和美好的人。

到底要多少钱，才配得上你的生活？

　　我高中的时候住校，那时候也就周末回家，每个星期有五天在学校吃饭，我爸每星期给我一百元钱，有时候是一百五十元，对于一个饭量不太大的女生来说足够了，有时候我妈也会给我几十元到一百元的零钱，能偶尔开个荤，买点小零食、小蛋糕、杂志什么的。算下来一个月也就六百块钱。

　　大学第一个学期，爸爸每个月给我一千五百元，妈妈有时候给我点零钱花，算下来一个月也有差不多两千元，小日子已经过得很滋润了。不过那个时候的消费仅仅停留在吃饭和逛街上，自从脱离了"鲜肉"身份，其他开销也渐渐多了起来。

　　但不知道为什么，口袋里的钱好像越来越多，却越来越觉得不够用，很多时候都不知道自己的钱花到哪里去了。

　　大概很多人也有这样的感受："我很省啊，我没怎么买买买呀，为什么钱不够用呢？"

　　赚的钱配不上购物车，一到月末就捉襟见肘，是很多年轻人的生活常态。

　　一个二十多岁的女孩除了吃饭以外还有什么方面需要额外支出？

　　一般来说，除去日常伙食（包括水果和牛奶）、日常生活用品，最多的支出大概在逛街和买服装、配饰上了，稍微讲究一些的女生还需要买些护肤品和化妆品，比较活跃的女生还会参加聚会、聚餐，有男朋友的，约会也要花一部分钱；有特殊爱好的，比如周末看展、看话剧、看电影和演唱会也需要一笔钱……

但是要知道，"消费"是个弹性很大的词。买护肤品的人可以用大宝也可以用 SK-Ⅱ，买口红可以买地摊货也可以买 TF，逛街可以是只买杯奶茶的 window shopping（橱窗购物），也可以提着大包小包买买买，社团聚餐可以去街边小馆子，也可以去吃五星酒店里的高级料理……

虽然大家看上去都是同龄人，但生活的需求和层次一下子就显现出来了。

还记得我大学的时候，周围有同学真的有一个月消费上五位数的，非名牌化妆品不用，和我们逛街的时候都是拉着我们去单价四到五位数的品牌店看包包，对于她来说，要求的不仅仅是吃饱穿暖，还需要有档次、有型。她的父母是做生意的，有个在国外留学的哥哥，从小也没有受过物质上的苦，这样的生活她也是早早就习惯了的。

我也认识这样的同学，家境平平，买件小店里的衣服都要和店主砍价，最后还是觉得贵而忍痛放下。她很少点外卖，更别说下馆子，总是按时地在食堂排队，吃饭，没有什么化妆品，总是素面朝天，也不喜欢逛街，每天就是在图书馆写写作业、看看视频，或者去看学校里每周五的免费电影。很久以前她好像说过自己的爸妈都在农村，自己能够来大城市读书已经非常开心了。

这两位同学的生活费差了大概两位数，但是我并不觉得她们的脸上写着有关"匮乏"的词汇。毕竟，这是她们的父母能给她们的最好的生活了。

我记得《圆桌派》里马家辉说过一句很精辟的话："欲望比收入少一块钱，就是富裕。欲望比收入多一块钱，就是贫穷。"

"够不够"，要和自己比，而不是和别人比。

物欲是不好的吗？我就是想买漂亮的衣服、高级的电子产品，我就是也想用专柜里一排铺开在灯光下闪闪发光的化妆品，这样有什么不对？

没什么不对。

有消费的欲望不可怕，可怕的是让他人来为你的欲望负责，不论是父母还是男（女）朋友。

不知道小时候大家是否有过这样的经历，穿了新买的裙子，背着新买的书包，哪怕只是拿出新文具盒，都会在别的小朋友羡慕的眼光里一脸骄傲地说："这是我爸（妈）帮我买的！"

想要被别人羡慕没有什么不好，但现在的你是否可以骄傲地说："我自己赚（攒）钱买的！"

我周围的朋友，不论出身，都是自己赚钱过生活的好手。

家境好的富二代在学校里创业，向家里借了些钱，一年后连本带利地还了回去，还凭自己的能力住上了高级公寓，攒钱买了小汽车。

家庭条件一般的朋友业余时间做兼职，靠着文字能力帮杂志写一写稿子，通过一支笔为自己的生活添了一些色彩。

有些才华的同学开培训班教新手学乐器，或者给初中生做家教，帮别人画几幅画、写几篇文章也有收入。

我的一个小姐妹就是喜欢小众的奢侈品，热衷于国内外各种小众艺术杂志。她有一次攒了两个月的工资去买一条我们觉得不太实用，日常不太穿得上的裙子。但她说："光是挂在衣柜里每天看看，我就觉得非常开心了。"

　　初入社会之后，我最深的感受大概就是：每个人的起点不同，家庭条件不同，但是这其实也不是太大的问题，靠自己，比什么都强。

　　别人和父母打了一个电话，就买到一副三千元的耳机，你攒了三个月的钱才买到这个心仪的同款，这并没有什么值得羞耻的。你和别人同时享受到了这件物品，只不过是延迟了一些，并没有什么差别，他是 1 月份买的，你是 4 月份买的，有什么不同呢？

　　想要？有本事自己买啊？

　　对金钱保持敬畏，但不跪舔，明白每个人的自身条件不同，仇富和嘲穷都是很幼稚的行为；对品质有追求，但不要被轻易煽动；不啃老，不抱怨自己家的条件是一个人的自觉；在家庭条件上认了，自己却不能认。

　　你目前能支配的钱只有两千元，那你就努力把两千元的生活过好，尽可能地精致和物尽其用。不要在只有两千元的时候盘算着过两万元的生活，现在还不属于你，就不要花太多时间琢磨，把心思放在该放的位置，你会凭借努力自己过上更好的生活。

知乎用户"棒棒哒老狐狸"说："真正的懂事，是你的能力不仅配得上它们现在提供给你的生活，还值得拥有更好的生活。"

与其抱怨没钱或者家里给予的帮助太少，不如问问自己有没有对钱和欲望的驾驭能力，有没有创造生活的真正底气。

这不是你梦寐以求的长大吗，你怎么愁眉不展？

我想约死党去吃饭,在她的自习座位前晃悠了半天,书摊着,笔盖没盖,米白色的长柄伞挂在旁边,但人迟迟不出现。给她发微信:

"你去哪儿了,吃饭吗?"

"我回家了。"

"怎么忽然回家了?"

"我姥姥没了。"

我忽然明白了那一桌狼藉背后的原因,不知还能说什么,于是回了句"那你好好陪陪你爸妈吧"。

从自习室走出来,看着玻璃窗外忽然倾盆落下的雨,我感到天空暗淡却刺眼,这个早秋真冷啊!

这几年常常听到类似的事情,不仅仅是自己,周围的朋友也时常说起家中患病的亲人,年迈的爷爷奶奶和某个亲戚。大家都极其脆弱又小心地相互规劝着:"哎呀,年纪大了嘛。"每次提到家中老人的时候也会忍不住互相多一句嘴:"老人家身体还好吧?"

换作几年前,这类问题我们是绝不会问,也不会关心的。

同样一个身份,北方人叫姥姥,在我们南方叫外婆或者婆婆。只不过我们从不用"没了"这样的表达,就像从来没存在过一般,太残忍。

另一朋友说起自己以前有件纯黑色的抓绒衫,穿旧了打算扔掉。他妈妈告诉他"留着吧"。他不解,明明都这么旧了,可以去买新的。

"留着吧，以后说不定有用的。"妈妈告诉他，末了补上一句，"你现在还不懂。"

"其实我都懂。"他望着前方告诉我，需要穿纯黑衣服的场合并不多。

长大让人对生老病死警觉起来，童年的时候仰望天空总觉得人是长命百岁的，生命的终点遥遥无期，直到常常听说家人这里那里有了病痛，吃多少药，住了几天院，才发现我们忽然走到了拥有和失去的边缘。嘴上没说什么，心里其实一直在抗拒，在害怕。

"家人"是很多人的软肋，"生老病死"不只是四个字，而像生活中隐匿着的暗节奏，潜伏着，时而"嗒嗒嗒"地忽然来几下。

担惊受怕。

听朋友说我们学校里有个女生有一次接到姑姑的电话："你爸爸不在了。"

她说什么都不信，直到手机再次响起，她颤抖着手接了，电话那头的妈妈只说了一句："家里出事了，你快回来，有人去接你。"于是她一出校门就上了接她的车，下车时已经到了灵堂前。

听说她爸爸是政府机关的工作人员，年纪也不大，身体一直很健康，失踪了很久，后来在一条河里找到的。

从那件事之后，她请假去漠河待了一个月。我猜想那个土生土长的南方女孩，应该是想选一个不能流眼泪的地方，在那种冰雪茫茫的地方把自己的心和眼泪都冻住，把过去封存在一片白色中。

一个月后她回学校了，朋友说她仿佛变了一个人似的，一下子就长大了。也是，谁遇到这样的事情都会瞬间长大的。毕竟生活这场游戏，你开始了就不能停。有排名，却不可能出局。就算你再惨，还是不能停，所有的悲伤要示众，你失去所有，却不能停。

我又想起小时候在爷爷奶奶家，爷爷吃饭的时候总要喝酒，有时候是白酒，有时候是自家酿的果酒，有时候是"漓泉"牌啤酒。如果他喝啤酒的时候我就会很馋，因为那个啤酒瓶绿莹莹的很好看，爷爷总会给我留一口，其实也就是几滴。

他总说："等你长大了工作了，不要忘记给爷爷买酒喝。"

我总仰着头笑："好呀！"可我欠了爷爷好多瓶酒啊，这辈子是还不上了。

上个暑假回桂林的时候我去看了舅舅。小时候我很怕舅舅，因为觉得他很凶，唯一让我觉得他温柔的时候是在年夜饭的饭桌上，只要多给他灌点酒，他就笑得像朵花一样，不仅不凶神恶煞了，还掏出钱包，抽出几张百元大钞给我们这群小孩，我们就拿着几百块钱去芦笛小学门口的小卖部买鞭炮，别的小学生都是揣着口袋里的十块八块精挑细选，我们基本每年都会把小卖部里的烟花"包"下来，在其他人艳羡的眼神里提着大包小包的烟花，扬扬得意。

小时候看舅舅打我哥，那场面实在惨烈，就像放烟花，"啪"的一声还可以见到红色。他们父子敌对加记恨过很多次，都不是温和的脾气，撞到对方的枪口上，彼此不曾退让半分。

那样的舅舅已经没有了，现在的舅舅每天在家里煮煮饭、养养鱼，因为身体不好，也不敢大动肝火，哥哥已经开始工作，上进而努力，收敛了以前的坏脾气，父子俩忽然言归于好。

舅舅身体不好也不是这两年的事情了，他的心脏里已经有了三个支架，上次又病倒了，怕是要支第四个。妈妈在国外，所以任何礼数上的事情都是我在代劳，我包了红包去看舅舅，看他穿着病号服躺在医院的床上，一旁的舅妈强撑着精神照顾他，看得出来几夜都没睡好。

舅舅的眼睛多了些模模糊糊的色彩，那张凶神恶煞的脸开始变得疲倦而苍老，我不再害怕他，这让我很难过。他嘱咐我不要把他的情况告诉外婆，因为外婆年纪大了，也不要告诉我哥，因为他刚毕业工作，不想让他分心。

我只能回答："好。"

小时候，这类事情都不是我们管的。大人有大人的事情，仿佛同级的领导，密谋着他们自己的生活，好事、坏事都是平级之间传递着，既不会向他们的长辈上报，更不会俯下身去向下一辈的小孩多嘴。那时他们的生活由他们自己承担，我们不需要也没资格去插手。

如今我终于有了知道秘密的权利，可并不觉得这是什么值得炫耀和开心的事情。

有一次做了个征集："有什么事情是你之前很羡慕，如今却不再向往的？"

在那些林林总总的留言里，有这样一条回答："这不是你梦寐以求的长大吗，你怎么愁眉不展？"

我默然，这大概是对其他所有事情的意见总结。在那些还未有围墙高的年岁，踮脚张望墙外盛放的花，觉得大千世界声色俱全，摇曳灿烂，等到成年之际迫不及待地翻过那堵墙，双脚踩在了当年未曾目睹的泥地里，才知道是一种多么复杂的感觉。所有生长着的艳丽花朵都扎根在潮湿又泥泞的泥地里，生活在这世界上，没有人是绝对干净而无忧愁的，所有新鲜的盛开，都撇不开过往的腐烂和消逝。

曾经我们都信誓旦旦："等我长大了就……"小时候空有抱负爱吹牛，如今终于长大了，表现得再好，那些给予盼望的人也一个一个渐渐不在了。

当年梦寐以求的不是长大本身，而是渴望一种保护和给予的能力。如今我们拥有了这样的能力，想要保护和给予的人却快要不在了。

时常觉得翻过围墙，是一个错误的决定。想翻回去，可回头惊觉围墙已有万丈高，退路无处可寻，只能沉入深海，永不回头。

我们都曾怀着错误的判断，以为物是人非，觉得时间是静止的，自己才是变化着的，仿佛所有最好的东西都在等着自己，等着自己长大，然后来享受。

其实不然，失去是必然的，拥有才是片刻的。除了抓住每一个当下，我们别无选择。

"这不是你梦寐以求的长大吗，你怎么愁眉不展？"

为什么这句话我记得这么清楚，因为写这句留言的读者名叫"别辜负"。

对未来的憧憬正确与否其实无关紧要，我们无法释怀的，往往是错过的事情。既然回不到过去，那就不要再亏欠此刻。

"别辜负。"请你记好了。

写给那个转发多次
却从未中奖的你

最近发生了一件事，大概是在这个春天遇到的最大遗憾了。

周围考研的人有很多，朋友 C 是让我们最感慨的一个。

查分数前一天，我们纷纷在群里为她祈祷，言语之中颇显焦虑。她倒是显得心态平和，没多说什么，只是告诉我们明天大概几点出分，出了之后不论好坏都会发在群里。

第二天群里果然出现一张成绩单截图，总分四百多。我们激动得只用感叹号交流，她也激动，开心地感谢所有人。

这当然是她应得的，从决定考研的那一天起，她就比我周围的很多人要努力，并且情绪稳定、作息规律，坚持早起背书、运动和休息，还看了很多外国名著和电影作为补充。北京让 C 心心念念，她说自己以后要来这里工作，于是我和她还有一个女孩三人约定在北京不见不散。梦想的种子稳稳落入，紧紧扎根，就等她北上复试来收获成果。

复试却并不顺利。

她在放榜前还找我私聊，说怕自己过不了，复试并未发挥好，我还觉得她过于忧虑了——初试成绩名列前茅，也是机灵、真诚的人，怎么会得不到青睐？

但听说复试二十三个人招十六个，她的名字不是那十六分之一。

稳操胜券的事情忽然急转而下，让人猝不及防，除了愤懑，还有唏嘘。

她如愿来到北京，但求学梦破碎。一番挣扎考虑后她也放弃了二战的想法，我无意中在微博上看到她的感想，都是便笺里的碎碎念，说自己选择该校是因为对某领域真正喜爱，或许自由学习的热情也大过跟着导师循规蹈矩研究的热情。

"他们（这里指学校）不要我，也能理解。"于是她打算先找工作，攒钱，以求未来有更远更辽阔的求学机会。

我并不觉得这是一种自我安慰，反而从中感受到了一种更坚定的信念。

作为朋友，我自然感到莫大的遗憾。仿佛大半年的努力付诸东流。

上星期我们三人匆匆见了一面，C 把头发烫卷了，还去服装店买了好看的裙子。三个小姐妹有说有笑，只是在讲普通的日常生活和吐槽彼此之间的工作奇遇，没有谈论失去，好像之前的事从未发生过一样。我也没有看到她情绪上的不安。

分别之后，我暗暗感叹，不得了。

其实"考研"只是她完成梦想的某种形式罢了。既然是形式，还不一定是最合适的那种，失去也未尝不可。

春之遗憾的花朵也随着一场突如其来的冷空气飘落。

我无意中把 C 的这件事情和另一位高中时的学姐说起，她一边擦着新口红一边啧啧感叹：

"运气真是不好啊。"

口红学姐其实最近也过得不顺利，工作期间项目出了点岔子，没少被领导点名。但好在最近有件让她比较开心的事情——她在微博上转发抽奖，中了一支大牌的口红。

正是她时不时掏出来的这支。

玫红色的大牌口红其实并不太适合学姐偏黄的肤色，其实她自己也知道，但这点遗憾抵不过一支大牌口红对一个二十多岁的女孩子虚荣心的安抚。她又掏出来看了看，开心地强调："三千多个人中就抽了三支口红啊！差不多千分之一的好运气啊！"

我点点头，你运气好。

二十三分之十六和千分之一的概率相差甚远，也无从比较。不仅因为"奖品"不同，付出的代价也远远不是一个量级。

这件事情让我对"运气"这件事情有了判断，也对"获得"这件事情有了新的认识：

为什么口红学姐为了一支并不适合自己色号的口红高兴半天，而 C 失去了一个读研机会却告诉我"都是最好的安排"。

是因为她们想要的东西不同吗？

很多人口中的"想要"其实都不同，随便在微博上就能看到那些"日常许愿""日常立 flag"：

"我想要在这个月减重十斤。"

"我想要拿期末的奖学金。"

"我想要马上忘记他。"

"我想要背五十个单词。"

"我想要一个新款的某牌包包。"

"我想要年底去 ×× 国家旅行。"

"我想要报一个吉他培训班。"

"我想要学会化最近流行的眼妆。"

……

但大多并未实现。

很多人觉得问题出在了"想要的太多"上，但我觉得问题出在："你其实并没有你说的那么想要。"

我一个朋友说过一句挺毒舌的话："那些微博里只有转发抽奖的人，要么是口袋里钱不够，要么想要那件东西的欲望不够强烈。"

我先解释一下他的意思，他并不是看不起别人转发抽奖的行为，也不意味微博转发就代表 low（低水平）。他的意思大概在于：真正想要一件东西的时候，是不会愿意等的，恨不得快点据为己有，而不是等着幸运女神降临。

微博上常常有很多转发抽奖送现金或者送奢侈品的活动，不过是博主为了吸粉赚流量的回馈手段。但相比起获得一万元奖金的三万分之一的概率，我更相信：

靠自己的努力赚一万块的可能性远大于三万分之一。凭自己的努力买一个包（衣服、手机、口红等）的可能性和速度远远超过"中奖"。

如果我真的想拥有一件东西，我不会想成为一个分子，作为 x 分之一，和千万个陌生人平分拥有的概率。我只会将其作为我的目标，死死盯着，然后一点一点地靠近、拥有，百分之百地收入囊中，然后告诉自己："靠转发抽奖获得的那些东西，我都买得起。"

这不仅是一种物质层面的自信，也是一种规划未来生活时的笃定，相信："我所追求的生活，我也都过得上。"

其实很多所谓的"运气"，都在运气之外。

有很多人一直过这一种"转发多次却未中奖"的生活。他们怯生生又随意地做出一个想要改变的姿态，然后就又回到原地，接着懒散、拖延和无动于衷。仿佛只是一种"我参与了，等待开奖"的状态。其实所谓的"参与"也不过是持续了两天的健身打卡，翻开了五页的单词书，买回了一本专业书，或者调了一个比平时早半小时的闹钟。

生活或许是没有所谓"运气"可言的。我们所谈论的，只是某种与能力成正比的概率。

关于这个概率的大小，我们必须从自己身上找原因，而不是让一些莫须有的名词来为自己的认真不足和能力不足冠名。

人成熟的其中一个标志就是，得到的时候会怀疑侥幸，失去的时候会反思自己。知道没有无中生有的运气，也明白没有谁会天生抽奖必中。没钱的时候忽然收到一笔转账，你应该感谢的是你的父母，而不是那条锦鲤；因为错误造成损失时，你应该反思自己到底有没有尽力，而不是说最近"水逆"。

我那个朋友 C 运气不好吗？我觉得并不是，相比起那些最后稳中求进的考研成功者，我更佩服她立刻为自己规划好了下一个方向和路径，并且对知识和未来重怀恋爱般的求索之心。

我厌倦了那种"因为爱笑所以运气好"的逻辑，我想要取得的人生不需要一个又一个奇怪的前提。我不要做一个转发多次却从未中奖的人，那份奖品是我的就是我的，早就刻上了我的名字：我亲手为自己包好这份礼物，又亲自拆开这份礼物。

这篇文章送给 C 以及和 C 一样的人。

他们的人生思路清晰，稳定而有力，不再是一根单独的攀缘绳索，而是一张结实、稳固而四通八达的网。

这条路不一定通到罗马，更何况罗马的人太多了，她要去新的地方。真正的好运气，不是千里挑一万里挑一，而是无论走到哪里，只要还存在，就有着无限的可能。

她不需要将骰子掷到"6"才通行。因为她的骰子，每一面都是"6"。

我总不能阻止你
奔向更好的可能吧？

过年回家，朋友们聚在一起免不了聊八卦。

提及某人，必然要沿着记忆的红线摸索，把与之有过"绯闻"的另外一个人顺带聊一聊。

高中毕业几年，老同学们四散天涯，各自小范围联络，因此彼此之前的消息并不畅通，都是从关系亲密的朋友口中或者朋友圈的照片才可以知道近期的感情状态。

聊起来才知道，过去记忆里的情侣们早就分道扬镳，彼时绝配的一对对早已成为陌路，倒是那些原来好像从来扯不上边的人忽然凑在了一起。

"为什么那么多人最后还是找了同学谈恋爱？"一个朋友问。

她在高中时是乖乖女，只和学习谈恋爱，大学也是勤勤恳恳，直到工作半年，才捧过同公司男同事的玫瑰花。两人如今在上海工作，职场新人的日子虽然辛苦，但甜蜜更多，才亲密没多久，家里人已经开始催婚了。

想起前段时间微博上有个挺热门的话题是："学生时代的爱情靠谱吗？"

聚会的朋友们清一色回答："不靠谱""太嫩了"……

但那个乖乖女同学忽然悠悠地说：

"其实我还挺羡慕你们这些早恋过的人，现在虽然打心眼里喜欢一个人，但背地里悄悄考虑的东西还是太多了。"

房子、籍贯、户口、工作单位、收入水平……毕业之后如果和家人说起恋爱，这些都是实实在在需要往家里一一汇报的事。

好像再也没有只考虑"爱不爱"本身的机会了。

在最青涩的年岁遇到一见倾心的人是一件浪漫的事情。但大多数的故事仅有浪漫的开头，或许结尾于异地、性格不合、变心，或者现实。

毕竟还是因为太青涩了吧？

女孩过了二十二岁，催婚催嫁的言语陆陆续续就来了，好在我有两个比我大的哥哥，因此家人们插手他们的人生时总会把我遗忘在角落，只是偶尔叮嘱几句："你也要注意，你以后也会遇到的。"

我在那些唠叨里时不时可以打捞出四个字：知根知底。

这或许是中国人婚姻观念里的一种安全感——知道这个人从哪里来，家庭情况大概怎么样，从小的生长环境如何，周围朋友如何……掌握这些简单的信息，好像就可以大概描摹出对方的成长底色。

若要按照这样的线索去找，第一个想到的就是初中、高中或者大学的同学：未经世事时就共同拥有过一段天真的日子，在最单纯的时候遇见对方，往后两人一起携手共度人生中的苦辣酸甜，岂不完美？

我认识一对高三时就在一起的老同学，两人大学四年、异地两年，在相距两千公里以上的南北两座城市遥遥相望。

好不容易熬过了毕业，这两人却悄无声息地分开了。

原因不详，只是后来听说女孩读研究生时交了一个新的男友，日子过得挺好，学业也挺顺利。男孩考取了本校的研究生，也没再找新女友。

　　我认识这个女孩十几年了，她从小就聪明、有主见、性格还挺豪爽，从高中毕业开始，我们每年的寒暑假都会找时间约出来聊聊，各自更新一下彼此的生活进度。

　　还记得高三那年的圣诞节有一场小雪，她在自习前把我拉出来，在不太明亮的路灯下对着昏黄灯光翻出一张 16 开书本那么大的圣诞卡片。

　　她要去表白。那张贺卡上写满了密密麻麻的情话，她知道他也喜欢自己，但太害羞了，于是她主动捅破那层纸。

　　那天晚上她溜到我的宿舍来告诉我：追到手了。

　　四年多后的今天，我们坐在饭桌前说起这件事，解释起来只有只言片语、云淡风轻：不合适，分手了。

　　最开始进攻的是这个人，最后主动撤退的也是这个人，这云淡风轻背后藏了多少波澜？我对此唏嘘不已。

　　我以为她是遇见了更喜欢的人，试探地问她："为什么分开？"她给的解释是："我们进步的速度是不一样的，我不能只靠着学生时代的回忆过日子。"

　　男生大学期间还是羞涩腼腆，不太喜欢社交，又沉迷游戏，虽然聪明依旧，但除了绩点之外没啥其他的收获。我那朋友想这样颓废下去也不是个办法，于是鼓励，鼓励不成就催促，催促不成就要挟，要挟无果，于是离开，毅然决定留港工作。

　　我问她，在一起那么多年会不会有遗憾？

　　她说自己原来以为一个人懒了些、有小毛病没有关系，可以等，可以帮助他改变，大家一起变成更好的人。

　　后来她发现，大家的价值观不一样，对于未来的构想也不一样，行动力更是不同，一起走一段路可以，但越往后越吃力。

　　有些东西，全凭自觉，靠人推着、靠人督促，都不行。

唉！我陪她叹气。

人是会被覆盖的，进步的速度不一致了，大家对未来的观念不一致了，没有什么好可惜的。

靠谱的真不是什么时期，是人。

我其实很理解她的感觉。她对爱情或许从来没有失望过，她失望的是自己和对方虽然曾遥望过同一个方向，奔赴的速度却截然不同。

李荣浩在《年少有为》里面唱道：

"假如我年少有为不自卑，懂得什么是珍贵，那些美梦，没给你，我一生有愧。"

让大家走散的或许不是年少无为，是因为年少无为却不自知。

学生时期的感情脆弱，大概就是因为没有什么预估风险的能力，且总希望别人替我们摆平。有爱，但没有能力一直爱下去。

而后我们遇到了自以为"更好的人"，或许不是因为对方更好，而是因为我们懂得如何回报对方的好，懂得了如何自己摆平一切，不麻烦别人。

爱情是需要自觉的，双方都需要获得和承担。

只不过年少时我们把爱想得简单，以为爱是被爱，爱是无限宠溺，天平逐渐失衡，直至打翻。

如果我们爱下去，必然都先要各自变成更强大的个体。

"沉稳、自爱，而后爱人。"这话真的没错。

若不想失去，若不想让我们的故事完结，就得努力写下去，这一百步，每个人都得走五十步。爱情从来不辜负我们，只有我们相互辜负。

"我没资格阻止你奔向更好的可能，但我会努力成为你更好的可能。"

不要让告别成为你的软肋

今年最明显的感受是，飞行次数增加了。

基本上每个月都要在天上飞几个小时，5 月份去云南参加活动，6 月份回学校答辩，7 月份去宁波参加比赛，8 月份去澳大利亚旅行体验，9 月份回桂林过中秋节，估计 10 月份短暂休息，11 月份从清迈到东北。

小时候对坐飞机感到很新鲜，久了之后觉得高空旅行太费时间，还没动车来得方便爽快。但我渐渐对飞机上升和下降时忽然颠簸的瞬间感到着迷，速度带来不可控的刺激，让我的身体紧张起来。物理性的失重比心理上的失重更踏实，堪比生理性高潮，让人不自觉地刻意感受。

我常常在这样颠簸的瞬间产生奇怪的念头，如果这个时候飞机出事坠落，瞬间消失于人世，我会害怕吗？

思考过很多次，低头看窗下的高楼、丘陵或者田地，我内心总是平静的，甚至觉得坦然，如果生命终结于此也可以心平气和地接受，如果非要有什么要求，可能就想给父母和恋人说一句"我爱你"。

都说人年轻的时候怕死。我还这么年轻，却在命运面前学会厚脸皮了，不知道是不是开始老了。

不知道从什么时候开始，我对于生活中的终结时刻充满钝感，后知后觉，只是在日后的某一天忽然想起才意识到："哦，原来那时候就结束了。"

挽回不来，只好作罢。

我越来越发现，很多人只知道如何相遇，却不知道如何面对分离。"告别的能力"其实挺重要的。

不管是对事、对人还是对于一种状态，一旦心有喜欢或者身有习惯，就开始犹豫不决，害怕失去，离开就变成了一件困难的事情。

有一次一个女孩深夜找我聊工作上的事，她曾经是我的广告客户的对接者，也是刚毕业，去到心仪的公司，但因为一些意外跳槽出来，如今面临新的就业选择，却舍不得原来相处和谐的同事和开明的老板。

"我真的舍不得那些人，如果离开了，我大概会让一些人失望吧。"

她说的我完全理解，6月份要离开"看理想"的时候，我也有同样的困惑。

一边是像家人般的同事和一直喜欢的平台，一边是仅有一年、藏着无限可能性的 gap year，我一边想留住现有的美好现状，一边又想去看更大的世界，看看自己的上限。

我一直拖延着，没有给出答案，对于别人的期待我向来是不太敢辜负的。直到实习结束前几天，人事的同事催了又催，我才慌忙地把这个问题抛给了总监亮哥，将纠结和野心一并袒露。亮哥说其实我自己心里早就有答案了，他留给我一句让我印象极为深刻的话：

"不要让告别成为你的软肋。"

纠结着的那根弦忽然被扯断了。

人在一些时刻，既要懂得理性上的衡量利弊，也要懂得感性上的全身而退。于是我狠狠地记住这句话，和所有人愉快告别，离开，去到新的，不一定好但绝对不坏的未来。

前几天回家，我和我哥聊了一会儿，这个 1987 年出生，今年三十岁的男人，坐在我面前，忽然开始谈论起女朋友、房贷和婚姻的压力。

我是有点不习惯的。毕竟他是我从小的动漫启蒙、游戏启蒙者，我们谈论的话题大多无用，他不会问我月薪多少，只会问我有没有看过《一拳超人》，不会和我说相亲，只会和我说哪部电影改编成了游戏，或者他买了新的游戏机。

我想起很多年前去他家看动画片、打游戏、玩 psp，我姨爹（也就是我哥的爸）总是坐在沙发的最右边，安静地看报纸、看球赛或者打盹。他很年轻的时候就患病，胃不好，吃了几十年的面条和花卷。

姨爹很早就退休了，有时候忽然发病会倒在家里，特别是半夜。因为担心，我哥的睡眠也习惯性地变浅，一点点声音都会醒来，看看爸爸还好不好。

我哥双节棍玩得特别好，都是自学的。我一直以为他喜欢这个，但他说他从小就知道自己应该成为一个有力气的人，去背或者抱生病的爸爸，所以这些年来不自觉地养成了锻炼的习惯。

他现在的样子可以保护爸爸了，姨爹却在两年前的夏天倒下就再也没醒来过。

"其实早就想到会有这么一天的。"他告诉我。

一边侥幸又一边担惊受怕的感觉真的不好，所以不得不学会主动随时地做好和一个虚弱的人告别的准备。

　　这是我们第一次坐下来谈论这些事情。在此之前，我以为大家都和我一样，对亲人的离去感到惊异不已、措手不及。

　　在家的时候，家人都喊我"妹妹"，不管是我哥、姨妈、舅舅还是外婆，桂林话特殊的音调让这两个字念出来都让人怜惜，有保护欲。

　　的确，我从小就是一个在家里被保护以及被宠爱的最小的女孩，我一直以为我已经很坚强了，长到很大的时候才发现其实自己是一个软弱的人。

　　或者说，我是一个非常非常不懂得如何告别的人。

　　毕业之后的半年里，我真的面临了许许多多次的告别，说了很多"对不起""再见"和"谢谢你"。

　　现在的我，不再以学生时代简单的思维和乐观的态度打量一切关系、友情和爱情，接受所有主动和悄无声息的告别。

　　生活随之进入了一个新的阶段，的的确确，说完再见的人备感孤独。我开始接纳这种孤独，自己去消化它。

　　最近我很喜欢的歌手 Lana Del Rey 出了首新歌，我断断续续地循环播放了一个多星期。无论是歌词、旋律，还是电音部分的刺激都深深捆绑着我，总之，我又一次被 Lana 的歌打败。

　　这首歌时长九分钟，是 Lana 所有的歌中最长的一首，她解释说："总会有人希望在夏末的长途驱车途中沉浸在电吉他的氛围里。"

　　我忽然觉得好浪漫，原来夏天的末尾是那么值得去体会和虚度的。

　　歌词里一句"as the summer fades away（随着夏天的销声匿

迹）"让我忽然感叹起北京来得太快的秋天，我本不喜欢夏天的，因为怕热，但这会儿我真的因为夏天的逝去而难过。

于是去了大理，在那里度过了如梦如幻的几天。

"Nothing gold can stay."

任何黄金事物都无法永存，夏天也不会，度过了那几个美妙的夏天的日夜，我正式与夏天分别。

我把短袖和轻薄的衬衫洗干净，叠好收起来，换上秋天的灯芯绒外套和毛线针织衫，一样妥帖，一样很好。

生活不是一个反复把新事物累积起来的过程，而是一个更替和交换的过程。

生命其实就是一次又一次换季，我们深刻浸入地体验，在高峰和低谷之间扩展自己的情绪值域，然后成为拥有更多丰富体验和思绪层次的人。

我特别喜欢歌里的最后一句歌词——

"If you weren't mine，I'd be jealous of your love."

"如果你不曾属于我，我会无比忌妒你的爱。"

那些出现在我的生命里的人，我始终想好好写写他或她，但总是因为没有想清楚或者懒惰而搁置，等到我觉得我们的故事即将完结，我会开始动笔，笔触真实而温柔，如他或者她对待我那般。

生而为人，我很贪心。

但你已经给了我最好最好的爱，我不会贪心更多了。

那些每天都觉得

自己没钱的年轻人

去年年底的时候，我度过了一段经济上的"艰难时光"。

头脑发热，我把存下来的钱都去存了定期，三个月内取不出来的那种，卡上只剩下三位数来支撑日常生活。我本想用这种方式强制自己攒钱，没想到在一笔"巨额"的考试报名费之后，钱真的所剩无几，只得每日按时去食堂报到，更不敢逛街、刷淘宝了。

大三开始后我几乎没向爸妈要过生活费，有时候也会得到他们以"打赏"为由给我的补助，但时不时给他们买些礼物也算是扯平。

长大的一个重要标志就是不再和钱过不去，但也常常在钱上死要面子。期待用经济独立昭告成人之后的真正独立，不料却在这条自由的路上走得颤颤巍巍，好几次想在电话里向爸妈暗示自己最近"手头有点紧"，但咽了咽口水还是把话咽了下去。

那时《伯德小姐》刚出资源，我和一个朋友在拉面店一边分吃一碗番茄面一边看完了这个姑娘番茄般酸涩的青春期。

这个叫克里斯汀的高三女孩出生在一个叫作萨克拉门托的地方，典型的那种"渴望出逃的小镇姑娘"形象，一头红发，任性而叛逆，与周遭的世界有些格格不入。她希望自己酷一点，于是自称"lady bird"，不知道是不是希望像小鸟一样飞出这座十八线的小城市，总之，她是个普通却为自己的普通感到恶心的叛逆期女孩。

她的青春期就和这部电影一样琐碎却真诚——谈过几段看似

美好却以失败告终的恋爱，为一段差点走到陌路的友谊而难过哭泣，和爸妈永远没有超过一小时的和平关系，一言不合就炸毛。

这个看起来有点不讨喜的克里斯汀没有遇上英俊的吸血鬼，自己反而变成了家中的"吸血鬼"。想摆脱平庸生活的伯德小姐对妈妈说："我想去纽约读大学。"

可是伯德小姐的家里并不算富裕，爸爸工作的公司正在裁员，妈妈也只是一个普通工薪阶层，面对女儿的愿望，他们显然力不从心。生活的压力让妈妈也没了好脾气："我和你爸爸负担不起学费，你知道吗？你当然不知道，因为你只顾自己！"

"你知道我们养大你要花多少钱吗？"妈妈被气着了。

"养大我需要多少钱，长大了我会赚一大笔钱！还清我欠你的，就可以再也不用搭理你了！"伯德小姐如是说。

是否隐约觉得这个画面有些熟悉？很多人小时候可能都说过类似的气话，或者暗暗地发誓，等我成年了赚钱了，就逃离这个家，跑得越远越好。可真正长大了之后就开始后悔了，发现自己当时不仅是幼稚，更是天真——养大自己需要多少钱？多少钱都付不起。

我一想起来就觉得失落了。到了二十几岁，不仅没有得意复仇，依然是个讨钱的姿势，那点胆量，却越发瘪了下去。多的是一种羞愧感：我都这么大了，怎么还在向家里要钱？

越来越多的年轻人因为"没钱"感到愧疚。二十岁出头的自我觉醒和挣扎，打开钱包就能找到。

我发现越来越多的人每天都在说自己"没钱""穷""吃土"，并且对此感到很愧疚。我相信是真的，因为大部分人进了大学之后的消费水平开始登上一个新的台阶，不是因为生活费暴增而"主动上楼"的，而是被周围的同龄人、社交网络、商场橱窗广告等"推上楼"的。

有哪些时候让你觉得自己的钱包和心被暴击？太多了。

宿舍里，你拿出大宝和凤凰甘油的时候，对方桌上的CPB和海蓝之谜摆了一排；当你还在抹曼秀雷敦的唇膏，对方各种大牌口红装满了一个收纳盒；朋友圈里，你盘算着节假日去哪里玩，车票抢不到，到处转发求大家帮加速，朋友早就直飞欧洲，开始了买买买和拍拍拍的日程；因为家庭条件有限，你只能选择考研，看着别人可以出国读书见世面，心里有着说不出的羡慕和沮丧；从家到上班的地方要换乘两次地铁，每个月的房租还是高到让你在一条裙子面前咬牙放弃，隔壁办公室的同龄女孩已经在父母的帮助下开始在北京买房，也找到了下一份薪资更高的工作。

好多二十多岁的年轻人好像得了一种"缺钱病"，唯一的药方就是"一夜暴富"。

没钱对一个二十多岁的年轻人来说意味着什么？从某种程度上来说，意味着"选择少"。但选择多少并不意味着你是一个失败者，却意味着你需要来一场逼仄中求生的苦战。

意味着，你需要延迟满足，并且在这个延迟的过程中付出努力。

我想起在知乎上看到的一个关于"没钱"的故事：一个答主说自己有一次买了YSL的口红套装，里面有好几支不同色号的口红，邻座是班上一个家庭条件不是很好的女同学，但两人玩得还不错。女同学对口红很好奇，于是答主拿出来给她涂了试色，效果很漂亮，女同学也表现出很喜欢的样子。

答主说："那我送给你吧，因为我这里还有好多呢。"并没有炫耀的意味，可是女同学拒绝了。

过了一个多月，答主看见平常拿助学金和奖学金的女同学也买了一支一样色号的口红，那是她拿自己一个月的兼职工资换的。

她涂得大大方方。

该答主在文末写道："虽然是同一个色号，但不知道为什么，我总觉得她的那支更好看。"

纯粹的抱怨和怀疑自己是无用的，靠那些"暴富"的个例被焦虑占满也是无用的。我们不仅仅要认识到这个世界上每个人的条件千差万别，更不要忘记了所有的收获都是时间的玫瑰。我们总是喜欢去夸大那些特殊的情况，然后用某种并不符合常规的标准自我否定。

年轻的时候，"没钱"是暂时的，而不是永久的，穷不是错也不是 low，也不是你永远的状态，穷的是你在手无寸铁时还目空一切、眼高手低，low 的是你费尽心思去满足自己的虚荣心。

自食其力是一件很好的事情，首先，你要正视自己"目前金钱有限"这个事实，然后一步一步地踏实工作。钱是好赚的，前提是你不要带着一张被社会欺负的脸，然后还没出门就一脸败相。

你知道前文提到的那个伯德小姐后来怎么样了吗？

她靠努力申请到了奖学金和纽约大学的 offer，她在十八岁的那天带着身份证跑到商店里去，买了只有成年人才可以买的《花花公子》杂志和香烟。可是我感觉她一夜之间就长大了，忽然就变成了一个真正的"大人"。

她重新用"克里斯汀"介绍自己，忽然对自己的家乡、自己的父母也有了无限的谅解。她终于像一只鸟儿一样飞走了。她靠自己的努力，接近了自己想要的生活和世界。

她不再在意自己是否来自一座小城市，不再为自己有没有钱而撒谎，不再抱怨自己平凡的爸爸妈妈，只是为自己换来的新生活感到骄傲。

那些有耐心等待自己越来越好的人，都会像克里斯汀一样，有一张越来越温柔的脸。

最后一次期末考试结束时，我才明白大学的意义大学里的最后一次期末考试结束得并不愉快。

一切照旧——依然打印了十多页材料，依然用记号笔标记了整本书的重点，依然熬夜背到凌晨三点，背完之后依然觉得这一切都很没意思。

我对于大学里的期末考试是充满怀疑的，就比如这学期的最后一门考试，开学时发了课本，但是老师上课时从来没有对照课本讲过课。该科老师是从美国留学回来的中国台湾人，这个声音细而嗲的老师课上得还不错，比起念 PPT，她会尝试和学生做实打实的交流，我教评的时候还给了她很高的分数：一是因为她的课堂活跃、不教条，二是因为她曾为营销人、广告人，我和她课下的交流很愉快。

这门课是很讨好大四学生的：很少点名。有些同学以准备考研为由常常缺课也不受怪罪，课堂讨论较为轻松，课前分享想说什么就说什么，就算说得不是太好，老师一样带头鼓掌。总之，在这门课上，老师给了大家充分的自由，师生之间的相处是舒服的。

也正是这样一门课的期末考试，竟然要从课本上出题，也是到了画重点的时候很多同学才想起来——哦？我们还有课本？

老师也很无奈："我也不是一个喜欢应试教育的老师，但是没有办法，请大家理解一下。"

我们没有不理解的权利，因为试卷分数和绩点挂钩，而绩点对于大学生来说，依然是放不下的心结。

　　我有时候对大学教育体系的情感很矛盾：这门课我很喜欢，也学到了很多东西，但我真的不明白，把那些知识点一字一句地背诵下来然后填写到卷子上的意义是什么？

　　在大学里，分数和排名真的那么重要吗？

　　大学里最后一堂考试前的那天下午，我路过教学楼的公示板时看到一则通报批评：我们学院同年级一个同学上午考试作弊。虽然只透露了这个同学的姓，名是由"某某"替代的，但因为那个姓不常见，因此大家一眼就能认出是谁。

　　我着实惊讶了一下，因为这个"×某某同学"是个不折不扣的学霸，考过好几次班级第一，也是学院里的标兵和奖学金的获得者，平时看起来也是很努力的样子，难道学霸也会去作弊吗？

　　到了考场，坐我前面的一个同学问我："看到通报了吗？"

　　我说："不会吧？"

　　她说："我也觉得不可思议啊，但好像应该就是她。"

　　大家都刻意避免谈论她的名字，不能避免的是惊讶和不嫌事大的吃瓜群众心态。

　　在我们学校，每场考试时，老师都会在黑板上书写警示："考试不过还有机会，考试作弊取消学位。"真不知道学霸同学为何要冒这个险，在倒数第二场考试时栽了跟头。据说她本人也真的去教务处签了字，惩罚会兑现。

　　我很诧异，就算是没有复习好，考差一次会怎么样呢？真的有必要冒这个风险吗？其实也可以理解，一个习惯了名列前茅的人，一个习惯了教育体系中的高处盛景的人，宁可铤而走险，也不愿意排名下滑。

我还依稀记得她站在表彰大会上领奖的样子，这样一个被学校塑造的形象忽然倒下，让我想到之前文学批评课上讨论的《芳华》：刘峰是一个"从神坛上跌落下来的人"。

所有的荣誉，在这一刻飘零散落。

在大学里，有时候学习和考试就是两回事。你可以把考试看作一个很功利的行为，但一定不能把学习看作是一个功利的行为。

考试是你获得成绩以追求其他东西的一种凭证，这就和你努力赚钱买贵的衣服、鞋子、化妆品是一个道理。但学习不一样，学习是不可能用排名、分数去衡量的。

昨天去电影院看了《无问西东》，哭到不行。我并没有被很多所谓广博、深刻的情怀打动，只在那些年轻生命自我选择和追寻的过程中看到了自己的影子和自己缺失的部分。第一个看哭我的场景是西南联大破旧、简陋的校舍下，先生正在给同学上物理课，雨季一来，雨水落在铁皮屋顶上，响声太大，学生根本听不到先生在说什么，先生提高了声音，在黑板上写下提示，大家还是听不清，教室里的学生开始焦躁、喧闹起来。

最后先生闭口不言了，抬手在黑板上写下四个字，学生们都不说话了。先生写下的是："静坐听雨。"

多美啊，苦中作乐，困境里也能为自己找到浪漫的时刻。

第二个场景是吴岭澜去听泰戈尔的演讲，这个清华的学生当时正面临选学科的问题，他因为别人的误导"最好的学生都念实科（理科）"而学了自己并不喜欢的理科。

校长告诉他，做人应该求一个"真实"。

多年后，他回忆起泰戈尔那天的演讲对他的影响，对自己的学生说：

"当我在你们这个年纪，有段时间，我远离人群，独自思索，我的人生到底应该怎样度过？

"某日，我偶然去图书馆，听到泰戈尔的演讲，而陪同在泰戈尔身边的人，是当时最卓越的一群人（梁启超、梁思成、林徽因、梅贻琦、王国维、徐志摩），这些人站在那里，自信而笃定，那种从容让我十分羡慕。"

大学里最重要的事情是什么？

成绩、排名只是我们通向某个去处的一纸凭证而已，不是说其不重要，而是你得想清楚，它对你而言有多重要？

我的本科大学并不是最出色的，但我始终觉得这不是一种妄自菲薄的理由，每次我看到我的朋友、学长学姐、学弟学妹，在写诗、做国际义工、组建乐队、表演话剧、众筹自己的第一张专辑、创业……在做一切可以表达他们自己、帮助别人、为这个世界带来一些改变的事情，我就觉得很感动。就像电影中空军教官说的："这个时代缺的不是完美的人，缺的是从心里给出的真心、正义、无畏和同情。"

大学的意义是帮助我们脱离一个群体的衡量标准，找到自身的评价体系，是从崇拜集体主义下的"优秀"勋章过渡到建立自身的满足和成功。

　　不是让你去成为别人口中的第一，而是让你弄清楚自己是谁，需要什么，能为这个世界做些什么。

十八到二十五岁：一生中最混乱的七年，该如何度过？

　　听说每七年人体内的细胞就会全部更新一次，那么也许每过七年，我们就可以成为一个完全不一样的新的自己。

　　假如人可以活八十岁，这一生不过十一个"七年"，你觉得哪一个"七年"最重要呢？有人说是"十四到二十一岁"有人说是"二十一到二十八岁"。在我看来，确切地说，是"十八到二十五岁"。

　　这是人生中非常尴尬而复杂的年龄段——纵使年龄上已经成年，却不具备完全的独立能力，就算脱离了青春期，心理上也没到成年期，既不能厚着脸皮以"孩子"自称，又没有底气成为一个真正的"大人"。

　　正在经历着二十二岁的我，目前正经历着这个"痛苦的七年"，虽然才过一半，已经感慨万千：十八到二十五岁真是一个难过的年龄段，我说的这个"难过"不仅是"sad"，还有"hard"。

　　前一个"难过"在于没有拥有和野心匹配的能力，不甘心作为芸芸众生里的某某，后一个"难过"在于站在十字路口不知何去何从，却被人催着做出一个又一个自己还没有想明白就必须决定的决定。

　　前段时间看到有人发了一条这样的朋友圈："十八到二十五岁是个混乱的年龄段。有些朋友要结婚了，有些朋友要开始读研读博，又有些朋友已经生了小孩，可能还有些朋友依然要遵守家里的门禁时间。"

大概是这样的，时间到了此刻仿佛变得混乱起来，所有的难过大概也因此而来。

我们自身的混乱，周围同龄人的混乱：

高考结束之后，再没有人给你倒计时，也没有人为你部署战略。你没有了压力却也丧失了动力，脱离了原来的依靠却没有新的依靠，丢掉原有的方向却没有新的方向。你忽然就不知道自己要考多少分，该成为什么样的人了。在高考大潮里齐头并进的同学们步速不再整齐划一，有的人如黑马般冲出重围，有的人却好像停滞在了某个年纪，仿佛再也没有什么长进。大家都变得异常焦虑和敏感，因为变化太突然了，变化的节奏太快了。

我们完全没有适应要如何在有限的时间里完成众多的人生命题——学业、事业、婚恋……

十八到二十五岁应该被认为是人生中的某一个特殊的时期，是一个经历探索、变化，对未来有重大影响却并不自知的年岁。后青春期的敏感更为致命，后青春期的疼痛更让人措手不及。

心理学家 Keniston（肯尼思顿）是这样形容这个阶段的："在这个阶段的年轻人身上，始终存在着一种"自我和社会之间的张力"以及"对于被完全社会化的拒绝"（引用自公众号 know yourself）。

有人说所谓的年轻，就是十八到二十五岁，可年轻有时候又像个巨大的负担，这样平凡无奇的我啊，配不上这样的盛名。

不知道你会不会有这样的感觉——人生从十八岁拿到大学录取通知书的那一刻开始，生活节奏忽然加快。

你和所有同龄人一样按部就班地毕业,进入大学,大学毕业,进入社会,刚开始还是缓步而来,不知不觉已经开始小跑。当你发现所有人都在或明或暗地较劲儿时,你已经撒开了腿奔跑,并累得气喘吁吁。我们常常感到累、感到迷茫、感到挫败和失望,都是因为人生中大部分重要的命题过于集中和浓缩,关乎一生的话题,却在短短七年里亟待解决。

在我们生命力和热情最强盛的年纪里,需要面对的大部分抉择,直指未来十几年甚至几十年的走向。

常常有人说:"你明明这么年轻,拥有无限的可能,为什么总是开心不起来呢?"你想开心啊,但你害怕眼前开心过了,之后会是漫长的失落。矛盾的是,让我们犹豫的恰恰就是"无限的可能性"——我到底要去哪里?我到底要做什么?年轻的时候只想要万全之策,举棋不定却不知倒计时已开始:五、四、三、二、一、零。

越关乎人生的重要决定,给我们去考虑的时间越短。

只要是对自己的人生有期待的人,都会紧张吧。所以大家扛不了压,又害怕没有压力,比起生命中的重,我们更害怕这几年虚度过去,会为未来增负。在我二十岁的时候,我曾写过一篇《我今年二十出头,觉得自己忙、茫、盲》,当我越往后走,发现"mang"并不能概括所有,还有"hun"。

二十五岁之后的生活,如果过不好,大概就是"混""昏""婚"了吧?

朝九晚五混日子、被生活搅得头昏脑涨,甚至在家人的催促下草草结婚,日子过得匆匆忙忙,跌跌撞撞。

我这段时间在看导演贾樟柯的电影手记,其中有一篇序是陈丹青先生写的，他提到贾樟柯在一次采访里说："我在荒败的小城里混日子时，有很多机会沦落，有很多机会变成坏孩子，有很多机会毁了自己。"

那时候的他如果没有无意中看到陈凯歌的《黄土地》，如果没有励志做一名导演，如果没有坚持三年考上北京电影学院文学系，可能他会成为一个无所事事的小混混。

陈丹青先生感叹于他的诚实，也唏嘘于自己的知青岁月里有太多沦丧和破罐子破摔的机会。

现在有很多年轻人总在问："谁能救救我们？"

陈丹青回答："永远不要等着谁来救我们。每个人应该自己救自己，从小救自己。

"什么叫作自己救自己呢？以我的理解，就是忠实于自己的感觉，认真做每一件事，不要烦，不要放弃，不要敷衍。

"哪怕只是写文章时把标点符号弄清楚，不要有错别字——这就是我所谓的自己救自己。我们都得一步一步救自己。

"我靠的是一笔一笔地画画，贾樟柯靠的是一寸一寸的胶片。"

为什么年轻的时候我们需要努力？

不是我们需要努力，而是因为这个时候的努力是有回报的，哪怕需要一些磨炼和等待，也是心甘情愿的。那些内心有火焰的岁月是珍贵的，奔赴的燃料仅仅是一腔赤诚，这样的热血年华其实很短暂，不要因为觉得困难就轻易地放弃它，然后放任自己随波逐流。说十八到二十五岁是最需要努力的年纪，因为在十八岁之前，我们没有那么多的能力自我改变和重塑，二十五岁之后，又会被生活所牵制，无法做到真正无拘无束。

十八到二十五岁这七年，是最适合你"自救"的。因为成本最低，而收益最高。

在这段时间里，我们可以好好利用这七年时间做一些准备，这是一个不断改变的过程：

不断地试探并塑造自己的世界观、逐渐完成经济上的独立、摸索并选定未来发展的事业，都是当下重要的事情。

韩松落说过一句很有意思的话："一定要乱看书、乱看电影、乱谈恋爱，使劲地经历无用的经历。因为吃了十个大饼才饱，不能归功于第十个大饼。"

人生未来的路真的还很长，但重要的是你现在正在选定的方向。你现在写下的每一笔都是伏笔，走过的每一步也都算数。

Part 4

珍惜交会时
互放的光亮

知道如何与自己相处，才会懂得如何与别人相处。

你要接受身边百分之八十以上的人都是过客的事实，

所以更要珍惜那短暂交会时迸发的光亮。

我们把爱过期处理了

前两天重看李银河老师的《人间采蜜记》,她细致入微地回顾了自己的初恋,然后发出了一句很有意思的感叹:"当时我不知在哪里看到一句话,如果一个女人在二十三岁之前还没有陷入恋爱,她的一生就不会再爱了。因为爱是迷恋,岁数一大,一切都看明白了,就不会再迷恋或者说痴迷了。"

　　李银河与王小波的爱情被传为佳话,但初恋那会儿李老师也不过二十岁出头,刚刚开始陷入爱情,是个典型的外貌协会、无脑迷妹,她的初恋,起于皮相,止于心脏。

　　"这段感情把我害得相当惨,因为我爱上了他,他却没有爱上我……那段生活不能叫作生活,只能叫煎熬。"

　　二十二岁的李老师在山西的沁县插队,遇上了一个高富帅,两人的父母彼此相识,门当户对,是很合适的结婚对象,而且那个男孩长得也深得她心,书中原话形容如下:

　　"他长得非常英俊,一米八的大高个,有挺直的鼻梁和两条漂亮的眉毛,脸型瘦长,轮廓分明,有点像欧洲人。他笑的时候很特别,总是一边笑一边斜睨着人,很有感染力。

　　"我对他几乎是一见钟情,没过多长时间就能在几秒之内从一群人中分辨出他在不在,我心里明白:我爱上了他。是爱使我的感官变得敏锐。

"形式就是这样急转直下，我以极快的速度陷入了对他无可救药的狂热爱恋中。从那时起直到我们最终分手，痛苦的折磨就没有片刻停止过。"

如果说二十三岁是一个文艺女青年的恋爱 deadline（最后期限），那李老师的初恋也算是赶上了末班车。不过这样天资聪颖的女孩在当年那种环境下还是精神过于苛刻，灵魂基调与其他青年大有不同。两人处着处着，发现在最基本的生活作风上格格不入。

纵使如此迷恋，分手理由也荒谬至极——从小被教育"棉暖不如皮，糖甜不如蜜，爹娘恩情深，不如毛主席"的男生当然理解不了李老师文学少女的小资情调，在那样的年代，这是比恋爱观更重要的衡量标准。

五官迷人却三观不合。没办法，于是两人分手。

直到二十五岁那年，李银河进入《光明日报》做记者，从朋友那看到《绿毛水怪》的手抄本，结识了王小波。

故事中的陈辉和杨素瑶拍拖的时候写出了四句极好的诗：

> 大团的蒲公英浮在街道的河流口
> 吞吐着柔软的针一样的光
> 我们好像在池塘的水底
> 从一个月亮走向另一个月亮

这首诗写的是走在有雾的路灯下，李老师跟着故事主人公懵懵懂懂地走近了王小波，她惊异于王小波的文学才华，在他的文字里找到了纯粹而浓烈的 soulmate（灵魂伴侣）的感觉，但见到王小波本人后，耿直的李老师不留情面地吐槽：

"一见之下，觉得他长得够难看的，心中暗暗有些失望。"

两人的感觉始于三观，也没少吃五官的苦头：一次分手就是因为小波长得不好看，毕竟有过貌美的前任，后来的都得往标尺那儿站一站，被划分出了三六九等（颜值上的）。

王小波得知后气了个半死，回赠一封信："你从这信纸上一定能闻到二锅头、五粮液、竹叶青的味道，何以解忧，唯有杜康。"

末了他还不忘补上一句："你也不是就那么好看呀。"

哈哈哈哈哈哈……

看到这儿我被逗乐了，女孩要是被说不好看多半得气个半死，但如果那句话来自一个深爱而不得的失意者，靠气话留着最后半斤面子，像个吃不到糖嘴硬说不想要的幼稚的孩子，女孩会笑着原谅他的。

因为一个人真正陷入爱情的时候是藏不住的，所有的委屈、贪心、无赖和脆弱会一并在爱的人面前涌出来。可以不顾年龄和世俗眼光地尽情撒娇，真是再幸运不过的事情了。

二十三岁才有初恋，对于现在的年轻人来说实在有点夸张了吧。但我简单采访了几个身边朋友之后惊奇地发现……这其实一点也不夸张。

可能在每一个时代，在一群人扎堆讨论恋爱话题的时候，总有一些人不知道牵手和拥抱的滋味，比起咬对方的嘴唇，他们宁愿去咬奶茶的吸管。

这些自嘲为母胎 solo（单身）的人，并不是不想恋爱，而是根本没有想恋爱的意识。也不要怪他们，谁让当代年轻人的自我建设 KPI（关键绩效指标）太难完成，哪有更多的精力去虚度时间呢，光是完成自己每天的工作和学习都得费好大的劲儿。

这不是某种无欲无求，也不是盲目地清醒自持，我觉得很难形容。那种感觉可以解释为："尝过爱情的人会知道什么是饿，但更多的人连爱情都没尝过，就没有饿的感觉了。"

还没有一个感觉足够对的人来将他们唤醒，于是某种渴望还在沉睡。

英文里有一个表达叫作："I had a crush on somebody.（我疯狂迷恋上了某人。）"

我一直很喜欢"crush"这个词里包含的张力。它作为动词的时候代表着"碾压、击垮"，有强势暴力的意味，作为名词时却特指"短暂而热烈地恋爱"，仿佛忽然温柔地降落，像爆炸过后弥漫的粉尘，把万物包裹。

组合起来，就是"甜蜜的暴击"。

但很可惜，这份粉红色的暴力也是有赏味期限的，到了一定年纪之后会有人说自己心中老鹿蹒跚，对爱情没有过多憧憬，横亘在眼前的更多只是现实问题，反而害怕与一个人过多地相处和纠缠。

在生活的各种细碎底下，所有柔软的触角都会逐渐收起来，变得坚硬而理性。

看清生活真相的人或许开始变得警惕而释然，懂得精明地计算得失，然后凭策略行事而不仅仅是直觉。他们不会孤注一掷，而是划分出自己剩余的情绪，然后尽可能地包装得体，送出去。

爱情历久弥新，但人会老去。成熟的人不可耻，但可惜，他们或许不会再因为谁动摇自己建立好的城池，生活被划清界限，心照不宣地彼此搭伙过日子，恨不得两人之间隔着一条六尺巷，保持礼貌，各自安好。

我们把自己的爱过期处理了。

现在有很多类似"只想脱贫，不想脱单""不想恋爱，只想赚钱"的说辞。我一直都将其看作是一种幼稚的自嘲。讲真的，如果有好的爱，谁不想要呢？

要是还没遇到喜欢的人怎么办？

不用急，真的。

学习、游历、赚钱自立、拓展自己的可能性……这些事中的每一件都非常精彩，值得践行。

没遇到爱情之前，先努力丰衣足食吧，我并不觉得找一个帮自己买单的人是可耻的事情，但如果两个人都没有为彼此买单的能力，都没有抵御外力的能力，再坚固的爱也是会变形的。

人总得拿着社会化习得的理性和精明，去供养感性和本能，我们所有的理性举措，不过是为了遇到爱的人那会儿，可以奋不顾身。

对爱保持挑剔和认真的人才有资格得到最好的爱。

理性的终点是浪漫，我的 deadline 是你。

你擅长用推开对方

来试探自己被抱得多紧

我给一个远在南非的好朋友打电话，她最近恋爱了。

如果一个人恋爱了，很多时候会不经意地散发出很多春天般的信号。

你可以从很多地方发现端倪，哪怕我俩在两个半球，她那些"嘤嘤嘤"的表情包、说话时语气的变化、发布在社交媒体上的特殊风格音乐，还有很多小细节，都会让你感觉到她的那颗心正在苏醒和生长，情绪充盈而丰沛。

两人相遇在开普敦的街角，也就不到二十四小时的相处时间，临行前还客气、友善地告别，直到已经分别多日，魂不守舍、思绪万千，才后知后觉地意识到：哦，原来我爱上了对方。

本来就身在异国他乡，还谈起了异国的异地恋，两颗孤单又明亮的星星短暂相遇，迸发出了巨大的能量。

好久没联络，听到她的甜蜜奇遇，我也为她感到开心，但甜蜜中隐隐有失落，因为距离太远，难免想七想八，患得患失起来。

抓住记忆里那一点又一点细节添油加醋，勉强为自己拼凑了一篇完美而流畅的爱情奇遇，但想想悬而未决的未来，职业和居住方向未定，又觉得悠长岁月过于难挨，恨不得马上搬到一起过上老夫老妻的生活。

我们捧着电话傻傻地笑，直到右边脸颊都被手机焐热。我说恋爱就是甜蜜的深渊，她在深渊里游泳，像在异国寂寞的水底忽然浮上来喘了口新鲜的空气，她笑：

"真是该死的爱情。"

作为一个有丰富异地恋经验的选手，我太懂得那种甜与苦交织混杂的感觉：一会儿充满信心，一会儿不安感忽然袭来。

谁让异地恋那根弦基本靠手机牵着，看不到表情，听不着语气，光凭那几个字、几个标点，就足以锻炼我们的阅读理解能力和发散性思维。

当你兴冲冲地给对方分享一些生活中的琐碎事时，手机那头可能只回复了一个"嗯"就忽然没有了下文。

那就耐心等一会儿吧。

但等到后面，耐心不仅不见了，脾气反而大了起来。刚才的似水柔情顿时化为火焰，甚至发起脾气来——

"他／她以前不是这样的。"

"他／她为什么说着说着又不见了？"

"他／她凭什么让我去等，让我去受委屈？"

恋爱里本来是没有一架天平的，琢磨、计较的人多了，也就不自觉地有了公不公平这一说，这架天平出现之后，就再也回不到平衡的状态。

增减砝码，悉数计算，这种事情一般都是一个人默默地做，默默神伤默默崩溃，另外一端毫不知情。

有的人在恋爱里还蛮胡搅蛮缠，这些人一般都比较自我。

矛盾的是，这份"自我"是一个人与他人区分开来的迷人的缘由，却常常给另一半带去不小的困扰和折磨。

更年少一点的时候心气太高，我一直觉得"自我"这东西是一道屏障，帮助我在对方伤害自己之前先给对方来一刀，但后来慢慢长大发现事实并非如此：

两个人相处大部分时间风平浪静，甜蜜如初，反倒是那一层"自我"让自己受了不少折磨。

这也就是我们在恋爱中常常对对方做出的"预设"。

我们总说哪个明星造人设，当面一个样其实背地的八卦爆出来又是另一个样，这样的分裂和落差很容易让路人对其失去好感，信任渐失。

但很多人在恋爱里也在无意识地为对方"造人设"，总想着用我们自己多年来形成的习惯和标准去衡量对方，用我们提前拟好的答案去怀疑对方的问题是否正确。

我们错把习惯当标准，还没等对方发问，就已经板上钉钉，不容差错。

这样真的很累啊！

成年人的世界里，工作和生活已经占去了大部分精力，剩下那可怜的一点给了爱情（更何况有的人还没有爱情）。

不是说不能发脾气，最开始一次两次还算是情趣，多了就成了负担，甚至变成一道隐秘的裂痕。不仅让对方一脸蒙，更多的是往后的小心翼翼。

爱情的迷人之处在于它是一道没有正确答案的题目，它是开放性的，接受所有或长或短或严谨或抒情的解答，细水长流和热切澎湃并不对立，都是自然而然的结果。

我还蛮喜欢一个博主"斯诺依花姑娘"之前写过的一句话：

"从不怀疑真心，真心本就瞬息万变。"

瞬息万变的不仅仅是那颗心指向的具体对象，还指的它（那颗心）如何去展现它自己。

对方没有按照你期待中的那样做出反应，不代表不爱你，爱有很多种方式，不一定是你认知范围内的那一种。

所以，一段关系越来越深入的前提是越来越多的自觉和越来越少的预设，即我愿意降低我的期待，也会为了我们之间达成更好的关系去做更多的努力。

我之前写过一句话："有的人擅长用推开对方来试探自己被抱得多紧。"

祝我们早日在一段关系里完成自我梳理，达成共识：

"懒得试探，抱紧多好。"

成年人的世界里
多的是「一夜友情」

前几天为了写稿子，我偷偷重温了一遍二十三年前的那场短暂邂逅。

《爱在黎明破晓前》，1995 年的电影，现在看还是觉得很感动，甚至可以从中找到某种纵使是未来也不可及的爱情模样。

杰西和塞林在火车上相遇，对彼此一见倾心，于是两人脑子一热，决定结伴在维也纳漫游，第二天早上各回各家，一个飞回美国，一个返回巴黎。素昧平生的两个话痨说了一路，从火车站到唱片店、从小酒吧到摩天轮，从生活琐事聊到对于世间万物的看法。

与其说是看电影，不如说是听两个话痨如何聊天。原来恋爱真的是"谈"出来的，原来"soulmate"真的存在。

夜幕降临之时，他们说好分别之后不再联络，而黎明来临之时，他们承认爱上彼此，并且在分别时慌乱起来。那时候没有微信，连手机都不普及，这两个被爱情砸中的人还是贪心，于是反悔，约定在六个月后，当年的 12 月，还是在这儿，维也纳的火车站，再见面。

爱情电影里立的 flag 基本上都会出岔子，如果你看过它的续集《爱在日落黄昏时》就会知道他们其实都没有忘记这件事，但遗憾的是，当年杰西准时赴约，赛琳却因为祖母的葬礼迟到了。

有情人终成路人，下一次再遇到彼此，已经是九年后了。我帮他们算了算，从在火车上认识到第二天分离，两人不过相识了十四个小时。

十四个小时足够爱上一个人吗？

足够了，人在"志趣相投"面前简直感性得不堪一击。

有的人初次谋面，就像极了认识多年的老朋友，有的人只是相处几个瞬间，却足以更新你从前对于"爱情"的理解。

曾经和朋友讨论过——杰西和塞林没有在六个月后按计划再见，这是否是一种遗憾？

我说，那得看怎么界定这两个人之间的关系了：如果称之为爱情，我觉得是遗憾的，但如果称之为友情，我觉得反而显得更加圆满。

有评论说《爱在黎明破晓前》和传统的爱情电影很不一样，"男女交谈与性交的对比，就好似衣着与赤裸人体的对比。前者富有无穷尽的变化、逗趣、伪装或个性表达，而后者不过是一锤子买卖"。

在这个故事里，两人之间的情绪太过于丰富和复杂，没有囿于简单的男女情爱。与其说这是"最好的爱情"，不如说这是人与人之间最好的相处状态。

杰西说过这样一段话："我觉得，爱情有点像是两个害怕孤独的人逃避现实的一种手段，说起来挺可笑的，人们总是歌颂爱情的无私和付出，可要是你仔细想想，就会发现没有比爱更自私的事情了。"

在我独自生活了一段时间，在不同的城市之间走走停停，认识了一些人也忘记了一些人之后，我才明白这段话的意思：很多人之间的感情都是"一次性的热络"，这并不意味着感情是"一次性的"，而意味着我们在享用的时候需要告诉自己：

"要仔细品尝哦，以后不一定还会有。"

我的一个朋友此刻正在英国，我们之间的时差是七个小时。

我说此刻是晚上 8 点半，写稿子。她说她刚吃完午饭，伦敦是下午 1 点半。

上次我们见面是在 6 月的上海，再上一次见面是去年 11 月在郑州，上上次，也就是我们认识的那天，是去年的 10 月，乌镇戏剧节，我们一起在宋家厅值班。

我们很聊得来，我也很享受和她相处的过程。等到戏剧节结束的时候，我急急忙忙地提箱子，她送我，走之前我拥抱了她一下，以为再也没有机会见面了。

毕业前我去了一趟上海，刚好她在上海出差，我们约着见了一面，住在上海弄堂里的民宿里，潮湿的房子，隔壁时不时传来的麻将声和上海话。有一只蟑螂忽然闻见蛋糕味，沿着窗缝溜了进来，她一个北方女汉子吓得要哭出来。

后来房东来"救火"，我们出去避难了，在静安寺附近繁华的、充满奢侈品店的街道上走来走去，喝了喜茶也看了话剧。晚风很舒服，让人有点醉，我趁着迷糊在一个十字路口拥抱了她一下。

她忽然愣在路边，问我怎么了。

"不知道呢，就是忽然很想抱抱你。你要去英国了，都不知道我们下一次见面是什么时候。"

她说，维安，真好，我会记住这一天的。

我们没有约定下次见面的时间，我说"英国见"这样的话她也只是"哈哈哈哈"。但我会一直记得和她在上海闲逛的那个晚上以及突发奇想给出的一个拥抱。

成年之后你就会发现，你能做的只有享受当下，用力地扩张自己的感受力，主动地去表达、去拥抱眼前这个让你喜欢的朋友，除此之外的承诺，都是徒劳。

成年人的世界里有太多短暂却珍贵的际遇，爱情只是很小的一部分，更多的还是抚慰、共鸣以及惺惺相惜。

有很多人说人长大了之后就交不到朋友了，很失望。我觉得不对，你失望是因为你还在用小孩要求朋友的标准要求成年后自己的朋友。小的时候总是会抱怨："为什么只有二十四小时呢？"而现在会坦然地接受"至少我们还有二十四小时"。

长大很重要的一个标志就是，不那么愿意挥霍和冒险了。你周围百分之八十的人其实都是"过客"，我们的精力不足以让我们留下每一个人，我们遇到的人越来越多，但生命这个篮子太小，不可能用力地把每一个都塞进去。于是我们不要求陪每一个人走下去，也不要强迫每一个人都跟上自己的节奏。

大家都说"有趣的灵魂终会相遇"，但你想过下一句是什么吗？

"有趣的灵魂终会相遇，他们短暂交谈，哈哈一笑，然后各自散了。"

有趣的人从来都是有自己的方向的，从来就不为彼此停留。你想认识和靠近他们，就得承担他们离开的风险。

成年人的世界里多的是"一夜友情"，我们心照不宣地不为对方停留太久，却在相处的时候放下所有的糟糕脾气，把最好的那一面送给对方，坦诚、放松、轻盈而自由。

不要为分离而悲伤，只需要让时间安排你们再次相遇。珍惜那短暂交会时迸发的光亮，苏打绿的歌里不是唱过吗？

"是片刻组成永恒啊。"

我爸总盼着我缺钱

如果你是老读者，你会发现给我打赏的头像中，出现次数最多的是那个红色的"紫气东来"。

好吧，那是我爸，从我不向他要钱开始，他就好像特别喜欢给我打赏了。

我从小就知道我爸在钱这一块是很精明的。作为一个金牛座加强迫症，他习惯留发票，习惯记账，且精确到小数点后面一位。

小学的时候没什么零花钱，我看中了想买的小玩意儿，想要，就借着买书买教辅的理由揩一点油。老师说交一百三十元，我就告诉我爸要交一百五十元。我了解他的，如果是和教育相关的支出，该供的他肯定不含糊，一边告诉我赚钱不易，要好好学习，一边还是把几百块钱一节的数学课给我报名了。

他应该也知道我的小心思，但不戳破，只是会说："省点花，不要养成大手大脚的习惯。"

长大了赚了点钱，来北京了，离家远了，生活都是自己在负担，我有时候的确压力大，随口抱怨几句北京的物价真贵。

我爸就问我："最近还有没有钱用呢，要不要我支援点？"

"有呢，不要担心。"我笑他，"怎么总盼着我缺钱呢？"

他也笑："我不就问问嘛。"

我明白的，他不是盼我缺钱，是盼我缺他。

来北京之前的 2 月初，我给我爸买了一块手表，看得出他很喜欢，和朋友打麻将的时候也戴着。中年人的生活里需要这样小小的高光时刻，需要这样细节处的有意无意地炫耀："这是我女儿帮我买的。"

但我也明白的，开心归开心，有时候他也会看着那块表感到很矛盾，怎么女儿忽然就长这么大了，怎么要飞那么远呢？

这样说或许有点俗。但真的，掏钱的人更有话语权，哪怕是一家人，也是这样。

从前我爸老管着我，这也管那也管，吃饭没吃完管，衣服少穿了一件也管，功课的事情也管，感情的事情也管。我都习惯了。

有一天我发现，他好像不爱管我了，不问了，或者说，不那么敢问了。

大概是从我说"不用了，我可以负担自己的生活"那天开始，他忽然就发现，自己好像真的不怎么可以插手我的生活了。

我发现很多年轻人想得太美了，误解了自己和父母的关系——"你们要为我承担生活的重担，还得给我选择的自由。"

但其实，所有的关系都是平等且互利的，自己没本事的时候，就得服。

别人为你的人生尽了义务，难道都没有替你决定的权利吗？

很多年轻人总说父母管这管那，不给自己自由，但要说真的，如果有一天你不向他们要钱了，你靠自己就可以过上一种"还不错"的生活，就真的自由了。

但其实"钱"是父母拴住孩子的一条锁链，有的孩子自己剪断了，爸爸妈妈看着空空的那一端，说不定也不开心。

剪掉这条锁链之后的生活是什么样的呢?

很爽,但是咬着牙的暗爽。就像在冬天跑得满身大汗那样,不舒适,却也酣畅淋漓。

对年轻人来说,自由意味着不捆绑,也得不到支援。一切都得公平地从头来过,靠自己从头开始。这是一条不归路。

努力独立,是为了摆脱那一种"被决定"的生活。

我来到北京,被各种各样的文化活动迷得眩晕,见到了很多业内优秀的前辈,有机会共事,有机会参与到一些项目中去,有机会获得年轻人珍惜的各种成就感。

可是我也深刻地明白负担自己的生活其实很不容易,现在换了新的公司,是自由办公状态,在家的机会多了,意味着吃饭支出提高,我买了一个煲汤的锅、一个烤箱,慢慢地学会了做菜、煲汤、做蛋糕。

生活很累,很琐碎,但我可以紧紧握住每一个时刻。

每当这样的时刻,面对爸妈的问候,我也只能报喜不报忧。每一个在外地打拼、剥离掉层层关系网和人脉庇护的年轻人要吃几回亏,吃几次苦才会知道:父母就只能帮我到这里了。

帮你长大的人可能没法帮你成功。当你意识到这件事之后,就真正长大了。

不再依靠,不再索取和等待,不再抱怨,不再攀比和顾影自怜。

前几天我去七天姐家吃饭,还有另外一个作者西风姐。她们都工作了几年,比我更成熟也更有经验,说起对未来的打算,她们其实也都动过出去读书的念头。

　　我非常明白那样的处境，工作之后的继续学习，成本、代价都高昂，如果出国读个研究生，少则二三十万，多则上百万，这不是买一杯奶茶或者点一份外卖的小事情，或许是一个家庭长达五年的消费计划。

　　可能我周围很多毕业直接出国的朋友，相较于她们会稍微轻松一些，但七天姐和西风姐说出"都这么大的人了，想去哪肯定自己负担"之类的话，我还是觉得非常感动。

　　长大了才会理解，父母可以帮忙买单的梦想是很有限的，多余的那一部分，要么咬牙放弃，要么就通过自己努力去拥有。

　　我想出国读书，爸妈必然是愿意继续供我的，可是自己在读书之外多出了好多小计划，比如去欧洲旅行，比如有其他的摄影计划，比如更多额外的开销，这一笔笔不菲的费用，我都会自己来支付。

　　人生的后半程，绝对不是拼背景的，有的人的助跑道是加长版，有的人一开门就是一道悬崖。你得认清，然后尽力。

　　其实最贵的奢侈品就是自由。为了这份自由，你得非常努力才可以。

　　过几天我爸要来北京看我了，我得继续学着煲两个汤，把屋子收拾装饰一下，带他们好好逛逛秋天的北京，好好努力工作，写稿子，生活。

　　有一种幸福，是让自己独立，然后成为心爱之人的依靠。

　　那样才可以坦然地说出：

　　"我不缺钱，但我缺你啊。"

她没有男朋友，却有很多异性朋友

"男人没一个好东西。"这种话除了能在电视剧里听到，我还听一个同龄人说过。这个二十二岁的女孩，在谈了一次（只是一次）失败的恋爱之后，不知道怎么了，对男性（除了她爸）都产生了较大的敌意。

她秉承着妈妈教过的"男人没一个好东西"这样的原则，几乎断绝了所有与异性交往的机会。上课的时候、吃饭的时候、日常休闲都是和女孩待在一起，与男生的交际大多就是朋友圈里点个赞，通知点日常事务，除此之外再无其他。

那次经历大概是给她带去了一些后悔和伤痛，失败的恋爱的确让人后怕，因此她紧闭心门，只和女孩交流打闹。

用她的话来说是"心不动则不痛"。

为了不再次陷入苦楚，索性避免产生任何爱情的可能。

我身边一大群女孩子，上大学了，甚至都大学毕业了，如果和男生多说几句话，都会觉得不好意思，有的甚至还会害羞、脸红、语无伦次。

这可不是因为产生了爱情，仅仅是因为"不习惯"。很长一段时间里我也是扎进女生堆里的那个，和一群女生叽叽喳喳地上学，叽叽喳喳地下课，初中、高中时代，谈得上关系好的男同学寥寥无几。我并不觉得这有什么问题。

但我这几年来在"交朋友"这件事上出了点意外。

怎么说呢,有一次忽然意识到,我聊得来的朋友里竟然男生过半,且都相处得不错,一改往日通讯录里阴盛阳衰的态势。

我一向认为和女孩生活在一起更舒服,逛街、吃饭、聊生活日常这一类的事情还是和女朋友们一起做比较好。但我忽然发现,和大多数男孩相处的时候是另外一种感觉。

(根据我的感觉,我身边大部分)男生少了很多隐秘的小心思,他们在看待一些事情的时候往往更客观和冷静。他们不喜欢嚼舌根也不喜欢说坏话,大多数时候有着更好的执行力和逻辑性。过了打架的年纪,他们的情感更为内敛,喜欢讲道理,而不会任由感性泛滥。

怎么说呢,和异性相处,很让人长见识。

我前几天去参加活动,与一个"90后"的学长短暂地交谈,发现挺聊得来。这个学长的星座是水瓶座,看起来沉默且沉稳,但在台上的时候时不时抖一个段子出来,让人蛮意外的。

他喜欢读木心的作品,车上放的却是俄语歌,媒体行业出身,在北京漂过,因为一个姑娘回到扬州,如今依旧单身,于是去遥远的国度旅行,见闻这个世界。

他内心有岿然不动的岛屿,也有广袤无垠的沙洲,对未来的方向坚定又缥缈。

我们聊了很多莫名其妙的东西,比如木心诗里的语法是否自成一派,比如生活中莫名其妙的失落究竟从何而来,他说他是神秘主义者,而我享受当下的现实生活。他带我去扬州当地的小铺子吃大个儿的馄饨、煎饺、灌汤包和面条,口味偏甜,我不太吃得惯，他又买了好吃的小米酥，把一大盒塞到我手里。我咬了一口，的确好吃。

扬州当地有家叫"浮生记"的独立书店，他开车带我去逛了逛，店主树老板也是他的朋友，借了学长的光，我有幸蹭了老板一杯特调奶茶。

当时我一边和他聊，脑海里一边想到的是《爱在黎明破晓前》里杰西和塞琳在街上漫无目的地聊天的场景，这样的沟通必定和爱情无关，或许从今往后我们没有机会再见面，但我对于短暂的交谈上瘾，这次谈话启发了我很多思考。

最后离开时他告诉我："你在台上和台下给人的感觉蛮不一样的嘛，完全不是一个人啊。"

我说："我与人相处时把自己当作一面镜子，见什么人说什么话，如果你觉得和我聊天很开心，说明你本身就是个很不错的人。"

于是我们愉快告别，夜晚的扬州也很明媚。人与人相处，最快乐的事情莫过于相互理解、相互启发。

在我很小的时候，我妈就告诉我，多和男孩子交朋友，因为你可以从他们身上学到很多女孩子身上少见的品质。最开始我不信，因为那时候的我对自己蛮没有自信的，觉得自己并不是男生最喜欢的那一款，而且多和他们说几句话，都会很担心自己"发挥"得不好。

后来我发现"和异性交朋友"是一件很棒的事情，不仅仅是谈恋爱这一件事情，而是通过其他人，开拓一个自己从未了解的世界和思维方式。

我们从异性身上可以学到很多很多东西，远不止爱情这一件事。社交媒体常常框住我们的思路，如果把"男"和"女"放在一起，中间的连接词大多是"爱""喜欢""追求"，仿佛男女之间除了爱和性，别无其他。

男生和我们完全是不同的生物，他们对于一件事的看法、分析思路、处理方法等，在大概率上和女孩子是不一样的。但其实异性之间是有宇宙的，只要你愿意去探索。

如果让我给年轻女孩一个所谓的"人生建议"，我可能会提到一点，那就是"尝试去交几个你信得过的异性朋友吧"。

异性朋友可以给我们提供看待世界、看待问题的另外一种角度，我无法确定这是更好的，但肯定是你之前没有想到的。

男生和女生的思维方式是很不一样的，或者说，人和人之间的思维方式是很不一样的。和"读万卷书，行万里路"同等重要的，是"认识各种各样的人"。见过越多的人之后，我们才可能变得越发平和以及包容。

在他人身上发现自己的美和不足，是我们应该学会的事情。这个世界就像巨大的图书馆，每个人都像是一本书，你遇到的人越多，就会把他们分门别类地规整在你自己的"世界格层"里。

你了解过人性的多样，在"人"这座图书馆里驻足越久，反而越可以找到自身的定位和价值，越来越清晰地了解自己是一个什么样的人。

每当这时，爱情甚至显得有些无趣了。

谈恋爱是一件
很浪费时间的事情吗？

李元胜有首《我想和你虚度时光》，写得真好。

> 我想和你虚度时光，比如低头看鱼
> 比如把茶杯留在桌子上，离开
> 浪费它们好看的阴影
> 我还想连落日一起浪费，比如散步
> 一直消磨到星光满天

读来仿佛只能用温柔的语调，谁让这样的"虚度"在这样快节奏的社会变得奢侈起来了呢？在崇尚自律和时间管理的今天，把生命浪费在与效率无关的事情上，是浪漫而傻气的。

我想起很多年前在火车上看到的一部不知名的外国电影，讲的是师生恋的故事。老师面对忽然表白的女学生手足无措，他侧着脸不敢看她炽热的眼神："请你不要把时间浪费在无关紧要的事情上面。"

女孩抱着课本喃喃自语："可这是爱情啊。"

可这是爱情啊。

爱情就像李元胜的那首诗里写的，是短的沉默，是长的无意义，是精致而苍老的宇宙。

诗化的东西常常是不讲道理的，漂浮在平凡生活之上，美而不具有实际的指导意义。电影终究是电影，到了现实中，多的是煞风景的疑问："谈恋爱是一件浪费时间的事情吗？""有那么多时间，为什么不去多赚点钱？"

知乎里有一个高赞回答是这样写的：

"时间算什么？命都给她了，浪费就浪费吧。"

评论里很多人大呼感动，但如果真的为爱情抛弃时间和生命，估计爱也都让人望而却步。

现在的年轻人都学聪明了，知道爱情虽好，却不要轻易尝试，心碎的感觉是多么糟糕，不如做一个自得其乐的"单身贵族"。钱都为自己花，泪都为自己流。

很多人说恋爱使人改头换面。

的确，那个曾经被认为是宅男的小林每天都早上7点就起床，乐呵呵地去帮女朋友买早餐，晚上定时去接女朋友下课，陪她在操场上散步，整个现充的作息；从前那个不修边幅、素面朝天的小透明化起了妆，每天早早地睡，早早地起，一见到男朋友就笑得甜甜的，竟然开始参加校园活动，唱歌、跳舞、写剧本，人也变得活跃起来。

可是恋爱也会让人懒下来。像是兀自奔跑的时候忽然撞上一团又软又暖的棉花，好舒服好快乐啊，让人真的很想停下来。像一个甜蜜的深渊，觉得只要有对方，一切都不重要了。从前以为重要的事情，这时候都比不上对方的一根小指头。

可是这样的日子持续不了多久，就显露出了问题。

大学里的爱情，其实大多日常活动就是吃饭、逛街、看电影。这样的日常一次两次还好，多了不免让人觉得有些乏味，还有一种"计划被打乱"的感觉。

以前单身的时候，时间都是自己的，自习、休息或者聚会，想去就去，不用询问任何人的意见。但现在行动和另外一个人挂起钩来，多少有点不适应。

而且自从谈了恋爱就离不开手机了，不是聊天状态就是待聊天状态，刚翻开书没看两页，手机上出现一句"想你了"，又得回应过去。好不容易放下手机重新拿起书，看到一个有趣的比喻句，又不自觉地拍给对方看。

离得远，不能不聊天；离得近，每天又总腻在一起。原本规划好的生活这会儿都乱套了，忽然觉得谈恋爱好浪费时间，心中不免觉得烦躁起来。

死党谈恋爱那会儿，每晚都失眠，但不是兴奋得睡不着。她男朋友是个文艺青年，深夜总是矫情病犯了，就开始微信找她聊天，她就带着一腔的温柔去开解他。因为两人是异地恋，就抓住一切能沟通的时间沟通，手机不离手，时刻同步着彼此的动态，生怕错过对方的一点消息。

这样的日子很甜蜜，但甜蜜之下也有着隐隐的负担。那时候觉得恋爱就是要牺牲时间的，为了对方我们可以没有下限地削减自己的生活时间，甚至放弃其他的事情。

那种"失去自己的生活"的恋爱状态让她觉得很糟糕。

如今她分手快一年，前几天投递了新的简历，期待着去新的环境过新的生活。我问她打算什么时候找个新的对象呢，她说不急，现在一个人的状态好得很，想多享受一下。

"单身的时候，我觉得自己充满斗志。"她说。不用时刻切换状态，不用为了别人的事情操心，每天开开心心地关注自己的未来，多好。

我周围很多朋友分手也是这样的原因，觉得谈恋爱"拖累"了自己。

一是因为和不适合的人谈了恋爱，二是因为和适合的人谈了（相处模式）不合适的恋爱。

毕业季之所以是分手季，就在于虽然每个人都过了四年大学生活，但成长的速度和学习的积极性相差甚远。二十多岁的时候，每个人对于爱情的态度，也决定了爱情的结果。要当下，还是要未来，选择不同，结果自然不同。

我见过太多分开的情侣，不是不喜欢，而是"喜欢，但耗不起"。

"耗"这个词分两种，一种是没有感情却强撑着在一块儿，一种是虽然在一块儿，但彼此的进步速度早就不可同日而语了。

觉得恋爱浪费时间，因为是清醒的，意识到了与眼前这个人的亲密关系已经不自觉地侵占了自己的时间和空间，打乱了已有的生活节奏。积极与对方沟通，调整相处的模式和时间，共同进步或当断则断，是相互尊重的止损做法。

有时候我和在美国的妈妈打电话，她说起自己的日常，丈夫上班的时候，她会跟着书上做些糕点和料理，或者去周围的公园散步，或者泡杯咖啡看一下午书。周末他们会一起去逛商场，或者去看电影，买很多漂亮的装饰品装点屋子，庆祝节日以及各种各样的纪念。浪漫到像 LouReed 的那一首 *prefect day*（完美的一天）。

我时常问她，每天这样生活不会无聊吗？她说："到了我们这个年纪，这样的生活节奏刚刚好。"

人到中年时并不需要再试图费力地开拓生活的荒原，只需要耐心耕耘已有的花园和草地就已经足够。他们有着更稳固的心理状态和生活资本，才不会觉得浪费时间。

恋爱不是不好，也不是不谈恋爱就万事大吉，只不过不是所有的人都有虚度时光的权利，不是所有的年纪都有资本拥有这样松散浪漫的生活。

我曾经也以为只要两个人相爱就够了，其他的都不是问题，可我错了。在没有办法相互许诺并创造未来的时候，消耗此刻的恋爱是很薄弱的。

那爱情就不重要了吗？是否我们需要拒绝一切亲密关系，只要沿着自己的未来向上爬就好呢？恋爱既然浪费时间，索性不要谈了嘛。

"不，不是这样的。爱情的美妙，其他一切事物都不可取代。"我一直这样告诉自己。

只不过不能保证自身进步状态的恋爱是浪费时间的，透支着彼此的未来、换此刻单薄的快乐是不负责的行为。很多小情侣懂得享受当下，却不试图建立更稳固的亲密关系，拓展共同更广阔的未来。

天真的爱情是一起幻想未来，可成熟的爱情是一起创造未来。天真的爱情处心积虑、排除万难为这良辰一刻，可成熟的未来是试图包揽彼此长长的一生。

别着急，我们又不赶时间。

致感情中缺失的安全感：

「被温柔以待，却悲从中来」

去韩松落老师《我口袋里的星辰如沙砾》的签售会，我对他说的一个词印象深刻：比肩而立。

韩老师的声音很温柔，但听到这四个字的时候，我还是觉得内心隐隐被击中，某些飘忽不定的东西忽然沉了下来，结结实实地落在了地上。

"以前我和很多前辈在一起的时候，常常想的就是，什么时候我可以和他们站在一起，我是说，真正站在一起。这么多年后，我觉得我做到了，和那些我欣赏的人，肩并肩。"

韩老师说这话的时候，我坐在第二排的位置望着他，感觉有人说出了我内心的话。虽然我们经历过的事情、遇到过的人是不同的，但是有些内在的东西是相似的。

我们似乎是同一种人：不习惯麻烦别人，渴望被理解，却不希望被拯救。

自卑和怯懦是人的常态，不论对方在我们看起来有多么光彩照人，在发光的外表下，内心依然对着更耀眼的人有一种自叹不如的胆怯，虽然和对方站在一起，仍然觉得自己不够好。

我们常常感到自己的渺小，却不渴望得到谁的拯救，唯一的愿望就是，飞得再高一些，跑得再快一些，才能和仰慕的人内心不带波澜地真正站在一起。

✦

没有落差的时候，相处起来才是一种真正的舒服，不需要包容和照顾，也不需要伪装和试探。

有太多落差的感情，会让人很累。朋友说起过去一段失败的恋爱，仍然心有余悸。

"我不敢想象，我这样一个自我的人，是如何一忍再忍、一退再退地包容他的。"朋友谈了两年的男朋友在我看来不过是一个不学无术的无业青年，凭借着自己画过几张评价尚可的画，毕业两年还整天游手好闲地等女朋友忙完一天的工作，回到租的房子里买菜做饭，自己每天无所事事，美其名曰"找灵感"。

我的那个朋友是一个刚毕业不久的设计师，常常接一些平面设计的活儿，虽然报酬不少，却都是拿命在工作。一个二十多岁的女孩子天天对着电脑熬夜，时常抱怨失眠和头晕。我心疼她，骂她不好好照顾自己，话到后面都转向了她家里那只米虫。

每次我言语稍一尖锐，朋友连忙解释："维安，你可能不懂，我是最了解他的那个人，他有才华，我相信他。"

我笑："一个懒虫再有才华也是白搭吧。"

她反驳我："至少他是爱我的，而且我现在也可以负担两个人的生活啊。"

我哑口无言，在"爱"这个字面前败下阵来。

"至少他是爱我的。"这样一个深刻又肤浅的理由，好像回答了什么，又好像是一句废话。过了好一会儿，我认真地敲了几个字回复她："如果一个人真的爱你，就应该接受不了你们之间有太大的差距。"

我怕她还不明白，自顾自地补了一刀："生活费你可以帮他一起负担，爱呢？你也可以一人负担两人份？"

有个词叫作"恃宠而骄"，一个人付出了所有的爱，另外一个人只是理所应当地享受着。虽然这是别人的事，但我想在一段感情中，一个太郑重其事，一个太理所应当，估计不是好事。

我想起很多年前妈妈对着恋爱中的我说过一句话："你不要妄想着去拯救谁，你谁都拯救不了。"

我们都太习惯被别人照顾了，太习惯找各种各样的理由去推脱自己失落的来由，可明明我们做的事情微乎其微，却总是希望别人帮我们承担。

世间很多事情都是如此，爱情、亲情、友情，我们都需要一种自觉。

还记得去年年底的时候爷爷走了，他发病的前一个晚上（也就是几个小时前），我在学校给爷爷奶奶打电话，当时是奶奶接的，说爷爷在洗澡，我说等一会儿吧，她说太晚了，下次再说吧。

"好，下次吧。"

然后就再也没有下次了。

从那之后，我真的觉得很多事情都宜早不宜迟，每次我帮奶奶或者外婆买衣服啊吃的啊什么的，她们都带着那个年代独特的口吻说不用了，但心里是知道的，日子已经开始倒着数，不能再把"你还小，以后再说"当作一个借口。

遇到我所羡慕的年长一些的朋友，对方的学识和眼界都高于我太多，交谈起来的时候常常觉得自己渺小浅薄，更不敢班门弄斧，生怕贻笑大方。每次她都照顾到我的情绪，对一些说出的文学、艺术方面的问题等多加解释，也总在人前给我很多照顾。每当这个时候，感激之后还有一种自我的警醒，我想要成为有一天不需要被姐姐特意照顾，也能交谈和思考得很好的那一个。

不拖累他人固然是美德，我们也没资格将别人的照顾当作习惯。

之前有人问我，你觉得在爱情里哪一句话让你感动？

大概就是那句再日常不过的："你站在那里别动，我过去找你。"

这是一个找不到地方的路痴在抓狂中紧握的一根稻草，稻草是那么细，却从手中把心都勾走了。估计每一个女孩都喜欢这样的人，他愿意包容你的小情绪、缺点、负面的一切，并且告诉你："你这样就很好，你不用改了，我全部接受就好。"

于是我们就满心欢喜："对方真是太好了。"在一种毫无压力的关系中舒坦，所有的舒坦都通向一种空缺的感觉，那是我们所有焦虑和不安的来源。

对方的好，我们不能没有来由地接着，虽然这不是交易，但感情是一种能量，需要相互流动。

就打一个简单的比方。男朋友说："吃胖了没关系，我不嫌弃你啊，肉肉的很可爱。"但或许不是每个男生都是打心眼里觉得女孩胖起来特别美的，因为是喜欢的人，所以怎么样都是喜欢的。可是我们不能因为别人说没有关系，自己就也觉得没有关系了。保持体态和身材，保持漂亮的那一面给喜欢的人，是我们回报对方的爱的一个可爱的方式。

容忍和包容是一种爱，在被包容中依然奋力地让自己变得更好，也是一种爱。

　　然而无论过多久，那些我们不喜欢的部分还是不喜欢，无论对方给我们打多少强心针都没用。

　　这应该是一种自觉。就如同在对方主动过来拥抱着自己的时候也张开手紧紧抱住他，而不是仅仅被拥抱着，双手无动于衷地垂着。

　　你愿意接受我的缺点和毛病是你的事，可努力想变得更好，拥有和你比肩而立的能力，是我的事。

　　你不必担心我，我会寻着你去。请你就按自己的节奏往前走，我会跑起来，追上你。

「我们甚至要做好

没有爱情也能活下去的准备」

朋友问我："如果找另一半，你最看重对方的三个特质是？"

我的回答是："靠谱、温柔、有本事。"

朋友就笑了："这很摩羯。"

其实我在爱情里，包括在生活里的很多场景中，是一个并不太摩羯的人，常常被误以为是射手座或者水瓶座。大概是因为我是相信自己直觉的人，我的理智和冷静往往不是用于筛选，反而是为了促成感性直觉的愿望。

我是一个有脸盲症的人，常常见过一面的人换件衣服、换个发型就会被我忘得一干二净。说出来可能有些荒谬，有时候我甚至会不太记得起恋人的脸庞，对方五官的轮廓大致可以描摹，但始终像失焦般模糊，不能回忆起清晰的面孔。

但我擅长的是记住两个人相处时的感觉、状态和在一起时的那种氛围：室内的温度湿度，室外光线敏感的变化，对方的体温，嘴唇的柔软程度，衣衫覆在肌肉上的那种感觉，或者头发的触感，说话时音调的高低，我都记得清清楚楚。这些零碎的记忆在回忆里将这个人拼凑完整。

纵使暂时分离，但这个人在记忆里游走，面孔不清晰，但鲜活温暖。

我觉得这样是有好处的，每一次见到对方的时候，又有新的感觉，我不会在感情中定下标准：他应该是什么样的。

一旦这个标准成型了，心上人就被绑在了岌岌可危的高处，稍有偏差就会坠落。

没有期待和预设，是件好事。

因为一旦真心被辜负，就容易衍生出很多让人遗憾的表达，比如"渣男"。

社交媒体上好好先生太多，一旦遇事惹上嫌疑，常常被贴上渣男标签，引得一大群姑娘失望连连。不仅是明星，对我们周围的普通人来说也是如此。每当我们把一个人捧起来时，单方面给了他诸多期待，然后不断强化某种特质，是危险的。

这像极了第一次谈恋爱的状态，觉得对方好，且定会一直好，永远好，更加好。

但很可惜，大多数人不完美，只是你自以为对方很完美。在互联网上，大家的三观极易破碎，也极易幻化为各种形态。在无数的人设建立又崩塌之后，我们会意识到，对于爱情的浪漫幻想还是不要寄托在他人身上为好，不然出了问题，伤心至极。

这样说虽然有洗白的嫌疑，但"渣男"这样的论断本身就是主观的，带着委屈情绪且过于乐观的期待，因为我们把另外一个人看得太重要了。

我看过一个人说：当我们谴责一个人是渣男的时候，有可能是我们得到的反馈跟不上我们的期待，或许对方不过是和我们一样无知且迷茫的同龄人，他们的脆弱和迷茫、笨拙和局限，也让他们负重前行。

我时常觉得社交媒体上有很多爱情故事被夸大和美化了，轻轻松松地被贴上标签,被区分好坏,一通赞美(贬损)然后交付到读者手上。

这样可能造成一个后果:我们对爱的感知能力会弱化,我们表达出来的感情也会越来越容易走向毫无层次、非常扁平的极端。

把是否为你花钱和是否爱你联系在一起,或者用各种各样的方式去证明什么样才是"最好爱情的模样",这些制造出来的标准限制了我们对于爱情丰富的想象,也常常让我们对于现在拥有的感情感到失望。

道长在节目里说:"我们甚至需要做好没有爱情也能活下去的准备。"在我看《我执》的时候,常常感受到这种感性理性并行的恋爱观,并且被打动。

这消极吗?我并不觉得这是一件消极的事情,反而认为这是一件很勇敢也很有必要的事情。

我们太习惯于控制风险,因此许下承诺以求心安,而不巧的是,这是一个"真香"的时代。我们的控制欲越强,就会有更大的焦虑,我们无法逃遇变化,不如顺应所有的变化。

我想起博主 @sounderoysters 写过的一段话:

"如果有什么是女孩要懂的道理,那么应该是,爱情是你的社交生活,而不是生活,结婚生子是你的人生选择,而不是你的人生。"

我不会呼喊着鼓励大家:"恋爱有什么好的,还是多赚点钱。"我只想在慢慢感知的过程中提醒自己,也提醒所有我关心的人:"不要拒绝爱,但需要更认真地对待它,努力积累自己除了爱之外的其他东西。"

一个健康的人在一段健康的爱情里,应当是分裂的,是可以依靠自己,也可以依靠对方,不用咬牙切齿地去证明什么,也从不为难和委曲求全。

恋爱是一个不断消耗自身能量的事情，但同时也是和对方交换能量的过程，有的不是竞争，不是利益交换，不是揣测和隐藏。爱情是接纳那点温柔宠溺之后的万千变故，包括争吵、离别、现实所困的难言之隐，还有激情过后的平淡无奇。我们不能为了避免所有的负面可能性，放弃自己的欲望和探寻的第一步。

爱不是被爱，不是"对方应该为我做什么"。
爱是内心不可压抑的冲动、付出的热烈以及那种心动带来的回响和共鸣。

两个独立的人反而可以拥有更多强烈真诚纯粹的爱，不会死抓着不放，也不会为未知战战兢兢。

大部分人或许有过一些感情经历（当然，没有感情经历也不是奇怪事）。那些爱过的人，不过是一个一个影子层层叠叠，构建出了我们如今生活和内心的明暗面。一个一个经过，逐渐塞满过去的人生。

最开始的如同大石块坠入，轰然作响；再后来的如同小石子，灵巧锋利地见缝插针；接着是流沙般缓慢入侵；直至遇见一个水一般的人，可以包容一切，把最后的缝隙都填满。

我们以为自己已经拥有铜墙铁壁，心里的空余被消耗殆尽，于是筑起自己感情里的结实防线，可以抵御任何情感的入侵。

但可惜的是，越是坚硬得密不透风的墙，越被束缚着得不到喘息，以至于忘记了自己的筋骨脉络如何摆放。

　　这时候那个人出现了，不试图拆除那一砖一瓦，也不试图从细密的裂缝中撬出一朵花，只是站在你对面，温柔一推，所有的城池便轰然倒塌。

　　习惯了见招拆招，却抵抗不了迎面而来的一个拥抱。

　　没有一个人抵抗得了纯粹、真诚和温柔的爱情。越是那些以为自己对人情世故了然于胸的人，越是不能。

「不孝有三：不考教资、不考公务员、不回家乡工作」

我前段时间刷朋友圈，看到一个大四学弟的朋友圈：

"不孝有三：不考教资，不考公务员，不考研。"

我对这个话题很感兴趣，就和他聊了聊，采访的时候顺便发了一条朋友圈和读者们聊聊，不到一小时，朋友圈里就有了二百多条留言。因为我从小被散养，小时候被管得不算多，在人生重大的选择时刻基本靠自己，父母只是会给我参考意见。如果不是这次聊天，我可能不会得知那么多经验之外的事情：

有那么多的年轻人，才二十多岁，人生就好像已经被安排得明明白白了。

很多故事是相似的。高中被管够了，大学拼了命也要跑出来，好不容易到外地上会儿大学，自己施展了一下策划人生的才华，临近毕业，父母开始召唤着：

"女孩子当老师多好，有假期，还不累。"

"现在经济形势不好，公务员多好，有稳定的工资，不容易失业。"

"你跑那么远干吗？在家附近找个工作得了，你有个意外怎么办，我们哪儿照顾得到你？"

每次要和父母谈谈理想，他们会劈头盖脸地叫你学现实一点。

为什么有那么多的父母认为教师资格证、公务员或者说家乡的稳定工作才是人生的 C 位？一旦我们不遵守，就会有"不听话""不懂事""不成熟"的标签贴上来。

人生已经如此艰难，我们要如何才能"孝"着活下去？

　　"什么才是'孝'？我们是否可以在这些人生方向的决定上与父母达成共识？"我就这个话题采访了周围的一些朋友和同学，发现这与其说是我们与父母之间的战争，不如说是爸妈脑海里自己与自己的战争。

　　学弟涛涛在我看来不太适合做公务员，因为他坐不住，爱玩。以前我给他上过课，下课后他开着小摩托带我到三里店的小巷子里吃烧烤，拉我去游戏厅玩跳舞机，假期回去有空会约着我逛街、吃鸭脚煲。

　　他大学就是在桂林读的，我还记得他报志愿的时候想填省外，硬是被父母改成了本地大学，读的专业也是相当"热门"。

　　这会儿读大四，学校马上要安排实习单位，可以去东莞或者深圳。他期待去"打工"，但家里不让，爸妈只给了一个选择：考公务员。

　　目前的涛涛已经通过了国家公务员考试，在准备广西公务员考试，爸妈说："考到你考上为止。因为公务员稳定，有固定工资，你会轻松一点。"

　　但他有点难过，如果这一次再不出去，怕自己一辈子都没有什么机会出去看看了。

　　涛涛和父母的关系一直很好，从小到大也都习惯听话，可能这反而把父母"惯坏"了。当他提出想去广州试着找找工作，得到的评价是无理取闹和任性。当晚的新闻说广州刮台风，父母就以"广州很危险，台风天说不定会被东西砸到"之类的理由搪塞过去了。

　　他今年二十一岁，妈妈告诉他："只要你还没有结婚，就一直是小孩。"

但他希望可以像个成年人一样为自己做一次决定。

我的读者 lululu 考教师资格证是为了不当老师。

半年前拿到资格证的她其实并不想去做语文老师，但教师出身的父母根本没有给她拒绝的权利。

才大二那会儿，爸妈隔三岔五打电话做她的工作，lululu 嫌烦了就气冲冲地去报了名，但她在报名前和父母说好了："我先去考，如果考到了，你们就得让我自己决定。如果我在外面闯了两三年都没什么起色，我就回去当老师。"

父母说："好，你先考。"

lululu 备考的时候压力很大："题目并不难，面试也比较顺利，但我真的好害怕如果拿不下又得浪费半年，就不能去实习了。"

好在一切顺利，她真正喜欢的工作是编剧，即将到杭州的一家影视公司实习，父母理解了她的选择，但也提醒她，做编剧很累的。

"没有什么工作是不累的。如果可以在外面多见识会儿，我承担得了。"lululu 是个反抗成功的案例，但她获得的自由时间只有两三年。

"走一步看一步吧。"

lululu 很理解父母，但也很珍惜来之不易的暂时的自由，或许这是当下最两全其美的做法了。

我的闺密 L 前几天刚和父母大吵了一架，原因是她要去上海找工作，但父母说家附近城市的一个银行缺人，有熟人牵线，面试得好八九不离十，去吧。

　　她知道这是个"坑"，回去了就出不来的那种。

　　L 的英语一直很好，在上海读书，想着毕业后去外企一类气氛轻松、可以展现自我价值的地方工作，哪怕累一些都没关系。但昨天她和父母打电话，父母苦口婆心地劝她还是先把研究生考了，然后回家乡当老师，去不了大学就去个高职、高专也行。

　　她觉得生气又难过，不知道为什么父母不相信她可以做一些"更好的工作"，一番谈判之后双方僵持不下，和解策略是 L 先申请国外的研究生，读研之后再做打算。

　　L 上了大学之后不太敢回家，因为父母都比较强势，小时候不太敢反对他们，以至于强势也有了惯性。

　　"爸妈其实大多也是'焦虑却无知'的，其实对大环境也不算特别了解，但就爱瞎着急。"

　　有一次 L 的妈妈说让她研究生读一个务实的专业，L 反问比如说呢，妈妈支支吾吾半天自己也说不清楚。

　　L 说自己真的很爱父母，却也是真的不敢离他们太近，有时候父母反而像"巨婴"，不断地要求，不断地需要得到满足。

　　"我觉得父母应该学会不被需要，因为没有一个人是永远需要一个人的。"

　　很早之前，我爸妈也说过让我去考教师资格证，到后来也渐渐不提了。后来我问我妈为什么,她说反正你也不乐意,何必呢?

这不是最真实的原因。

她说她去上学第一节课老师就问她们:"你的理想是什么,你来这边上课,你的目标是什么?"这个问题把她给问住了。本来她只是过来打发时间顺便学点东西,没想到老师却问了一个感觉早就不属于自己的问题。

孙女士说,很多年轻人口中的"目标"和"梦想"在中年人身上渐渐都已经找不到了。他们想把孩子留在身边,想要替孩子做出人生选择,可能就是因为孤独和不自信。

当自己的文化程度、威严和自身成就已经不足以说服小孩的时候,也只能用情绪去"绑架"孩子,那是一张无理取闹却可能有效的底牌。

很多中年人也会害怕自己跟不上时代,慢慢地被这个世界抛弃。而孩子是对自己而言最亲密的人,将他们留在身边,如同抓住一根救命稻草。

没有那么多离开父母就活不下去的小孩,多的是离开小孩就丧失人生意义的父母。

那些被戏谑为"不孝"的冲突与矛盾,或许只是缺乏沟通和安全感的结果。

当老师很好,当公务员也很好,各种体制内的工作依然很好,问题不在于工作之间的优劣之分,而在于很多年轻人在就业选择时因为与父母沟通的缺乏和对彼此的不信任,导致双方都失去了自由和体面。

我在采访的时候有一个问题是:"你在选择职业方向时会考虑

的因素有什么？”

　　上文提到的三个年轻人，我的读者们，包括我自己，其实多多少少有提到："会考虑父母的意见以及父母的养老问题。"

　　我们这些二十多岁的年轻人不是瞎闯的一代，我们愿意对自己的每一个决定负责，以换取自己人生中大部分选择的自由。

　　写到这里，我想起前段时间看某篇随笔时读到的一个故事：

　　一位父亲在女儿十六岁、十九岁、二十二岁生日送的礼物是女士小摩托、二手小汽车和小汽车。

　　女孩很困惑为什么自己收到的是车而不是花裙子，或许自己的父亲更想要一个儿子。想到这里，她不禁有些自责——如果自己是个男孩子，或许可以跟喜欢机械和车的父亲有很多共同话题吧。

　　后来有一次聊到这件事，父亲告诉她："女儿可以当儿子养，但儿子不能当女儿养。"

　　至于为什么送车，是因为父亲觉得女孩开车很帅。他说汽车的所有设计中他最欣赏的一项是中控锁。（中控锁是一种汽车配件，使用该锁，不用把钥匙插入锁孔中就可以远距离开门和锁门）

　　女孩一直不明白那有什么特别的。

　　直到后来她做了一个专职的旅行摄影师，整日需要四处奔波，独自驾车出行，她感谢自己很早就学会了驾驶。

　　有一次出差回家，深夜驶出机场车库，忽然听到中控锁发出的清脆的"咔嗒"声，让她在孤寂中感到安稳。

　　她忽然很想哭。

　　因为自己在很小的时候，拿到的不是一条花裙子，而是一把车钥匙，父亲将世界四通八达地在她脚下铺开，给了她自由去往任何方向的权利。

至于中控锁，是父亲希望她懂得，哪怕自由，也该在自由中学会控制自己的人生。

或许每个父母到了一定的时刻，就得把一把钥匙交到孩子的手上，让年轻人自己去探索。

毕竟每个人的人生终究是自己的。

图书在版编目（CIP）数据

一人份的热闹 / 尹维安著 . -- 南京：江苏凤凰文
艺出版社，2020.5
　　ISBN 978-7-5594-4599-5

Ⅰ.①一… Ⅱ.①尹… Ⅲ.①故事 – 作品集 – 中国 –
当代 Ⅳ.① I247.81

中国版本图书馆 CIP 数据核字 (2020) 第 030964 号

一人份的热闹

尹维安 著

责任编辑	王昕宁
特约编辑	薛天舒　苗玉佳
装帧设计	ABOOK STUDIO　策然 Design QQ|2469318609
责任印制	刘　巍
出版发行	江苏凤凰文艺出版社
	南京市中央路 165 号，邮编：210009
网　　址	http://www.jswenyi.com
印　　刷	三河市海新印务有限公司
开　　本	880 毫米 × 1230 毫米 1/32
印　　张	7
字　　数	170 千字
版　　次	2020 年 5 月第 1 版　2020 年 5 月第 1 次印刷
书　　号	978-7-5594-4599-5
定　　价	39.80 元

江苏凤凰文艺版图书凡印刷、装订错误可随时向承印厂调换